Buenos Espíritus

*Una colección de cuentos sobre la
diáspora dominicana*

Buenos Espíritus

Una colección de cuentos sobre la diáspora dominicana

* ★ *

Camille Gomera-Tavarez
Traddución por Lorraine Avila

Ediciones

LEVINE QUERIDO

Montclair | Amsterdam | Hoboken

Este es un libro de Ediciones LQ

Publicado por Levine Querido

www.levinequerido.com • info@levinequerido.com

Levine Querido es distribuido por Chronicle Books LLC

Copyright del texto © 2022 de Camille Gomera-Tavarez

Copyright de la traducción © 2022 de Lorraine Avila

Todos los derechos están reservados

Library of Congress Control Number: 2022938857

ISBN 9781646143009

Impreso y encuadernado en los Estados Unidos

Publicado en septiembre de 2022

Primera impresión

Para La Familia Gomera
y La Familia Tavarez
cuyas historias me inspiran
en todo lo que hago.
Bendiciones y muchísimo amor.

~~~ X ~~~ divorce
~~~~~~~ marriage
———————— children
- - - - - - - adoption

CRISTOBAL JIMENEZ ~~~ CONSUELA

NORENA ~~~ RAFAEL

EUGENIO ⟨ (6 wives)

LUPE ⟩ MARK

RAUL

(5 brothers)

FRANKLYN

MARITZA   ALBERTO (TITO)

LUCIANA

JORGE

JOSÉ BELÉN ～～～ LA DOÑA

MABEL ～～～ JOSÉ II

JOSÉ III

MARA ～

CHRISTIAN

GABRIEL

ARIBEL

RITA
(PR)

EVELYN

DAYANERA

GIANCARLOS

LAURA

YOLANDA

CRISTABEL

JOSÉ IV

ANA

EMELY

HENNESSY

YOANSON

TABLA DE CONTENIDO

I. Stickball...... 1

II. Colmado...... 17

III. Nadando en
Círculos...... 33

IV. Cortando Clase...... 49

V. Vamo' pa' la Playa...... 63

VI. Teléfono Público...... 83

VII. Bárbaro...... 101

VIII. Piedras Saltarinas...... 123

IX. La Vida Después
de la Tormenta...... 145

X. Dominó...... 177

XI. Buenos Espíritus...... 193

I.
Stickball

Sucedía más y más últimamente. Los jalones. Estaba muy por encima de las capacidades de Gabriel el descifrar las motivaciones o significados más profundos de los jalones. Su especialidad era la filosofía, no la psicología. Además, tal vez los jalones eran inofensivos. Subía los escalones de mármol del Edificio de Ciencias Sociales, cuando una vivaz joven estudiante se cruzó en su camino. Ella le apuntó con un flyer lúminico balbuceando algo sobre un evento cualquiera. Él aceptó la hoja apresuradamente y continuó dándole mente a sus pensamientos.

Después del último incidente, se preguntó si tal vez era el momento de considerar alguna forma de terapia. Pero inmediatamente se resignó a que esa propuesta era sólo una broma, obviamente. Como académico, sintió un grano de vergüenza que las creencias anticuadas de su familia sobre la salud mental todavía presentaran argumentos convincentes dentro de él. Pero no pudo evitarlo. Los padres de Gabriel probablemente lo sonaban si se llegaba a saber alguna vez en la isla que había caído en la estafa de pagarle a alguien para que escuchara sus problemas. Eso de la terapia, para ellos, era para los gringos ricos y los asesinos. "Habla con nosotros. Para eso esta la familia, m'hijo," casi podía escuchar ahora la voz manchada de whisky y cigarro de su padre. "¿Quién podría conocerte mejor que nosotros?"

Porque, tú sabes, la familia de Gabriel sabía absolutamente todo sobre el personaje que él pretendía ser y que había construido cuidadosamente durante toda su vida adulta . Construyó ese personaje cariñosa y suavemente, como las manos del escultor de piñatas que él pasaba de camino a la casa de su abuela cuando era niño. Cada rebanada de periódico mojado mostraba una porción de la verdad, consolidándose hasta convertirse en un frágil cascarón con el tiempo.

Hizo una pausa, encontrándose con la puerta de su salón de clases y con el recuerdo oculto de la piñata que había roto tanto tiempo atrás, en la celebración de su quinto cumpleaños. Hasta antes de ayer, en realidad, todos los otros jalones habían sido agradables. Casi había deseado quedarse en el pasado, con la sal del océano y los mangos maduros bailando en el viento del Atlántico. A veces Gabriel creía que las cosas estaban mejor antes, a pesar de los numerosos contraargumentos que vocalizaba entre sus compañeros después de unas copas de Chardonnay, en que decía que "la nostalgia era un signo de ineptitud humana." La ridiculez de vivir en su propio pasado le resultaba evidente. Aún así, los jalones hacían que todo pareciera tan real. El sentido de la realidad actual, hecho trizas en un mundo inocente libre de densos acertijos filosóficos.

La última vez que sucedió, estaba haciendo fila para almorzar. Su primer día enseñando en la universidad. Mientras se acercaba al buffet, se sintió atraído por un aroma nostálgico—la tina de habichuelas negras. Era raro, ya que detestaba la vista de las habichuelas cocidas desde el momento en que su familia unió todos sus recursos para enviarlo a estudiar en la tierra de las hamburguesas y la pizza a los veinte años. Desde que estuvo de pie enfrente de las habichuelas, sus ojos se perdieron en algún lugar entre los relucientes montículos negros.

Gabriel miró fijamente la comida hasta que su madre le dio tremenda tabaná en las muñecas con su cucharón de madera y le ordenó que luchara contra el demonio que vivía dentro de sus ojos. El niño se sobresaltó y tomó un gran e irregular aliento que llenó sus pulmones con el aire que producían las hojas de las palmas. Doña Mabel evaluó la condición rápidamente y luego volvió a mover la comida dentro de su ollas. Estaba acostumbrada a las miradas perdidas de su hijo. A estas alturas, ya las podía notar, atraparlas, y sacar a su hijo de la situación con precisión experta, como lo aconsejó el Padre León, el cura del pueblo. Cualquiera podía ver que cuando el niño estaba en un estado, era como si su alma estuviera poseída por los mil demonios. Doña Mabel rezaba todas las noches y aceptaba gentilmente el bombardeo de recomendaciones sobre un aceite milagroso o una hierba milagrosa que encontraba todos los domingos, aunque sabía con tanta certeza como que el sol iba salir en las mañanas, que su hijo estaría bien. Con el tiempo.

Gabriel tomó los platos y cubiertos en sus brazos gorditos. Recuperó el equilibrio y fue a poner la mesa. Podía escuchar los gritos de sus hermanos mayores en el patio.

"¡Más alto! ¡Tíralo más alto!"

Sus gritos atravesaron los sonidos de la calle y el estrépito de la cocina. Gabriel podía verlos en rayas borrosas pasando por el apertura en forma de puerta de la parte trasera de la casa. Su deseo de unirse a sus hermanos siempre revelaban una suavidad que nunca pudo ocultar en sus ojos. Terminó de poner la mesa y se acercó a su madre con su arma de inocencia lista.

Doña Mabel inclinó la cabeza hacia el patio. Gabriel intentó ocultar su emoción y corrió a reunirse con sus hermanos. Christian y Joselito no le prestaron atención a su hermanito y continuaron con su juego de stickball. La media que usaron como pelota ya estaba verde y marrón y olía peor que los pies que alguna vez la habían usado. Había soportado ser azotado por ramas de árboles y estrellarse contra las paredes durante meses. Christian había empezado a meterle piedras cuando empezó a desinflarse. Pronto se perdería en una zanja en algún lugar entre las palmeras y usarían una media nueva para reemplazarla. Pero por ahora, siguió siendo la principal fuente de entretenimiento para los chicos de Belén.

La puerta de madera se cerró de golpe para indicar la llegada de su padre. La puerta siempre se cerraba de golpe, se mantenía unida con clavos y bisagras viejas. Pero todos se tensaron cuando ese golpe en particular resonó en la casa. El señor José dijo una vez que cerraría todas las puertas de la casa con la fuerza que le diera la gana, ya que habían sido sus manos las que la habían construido. El sol aún no se había puesto, por lo que era inusual que estuviera en casa, pero ni los niños ni Doña Mabel le hicieron caso. Sus botas se abrieron paso a través de la casa, esparciendo tierra a medida que avanzaban. "Hola amor. ¿Todo bien?" preguntó la doña por debajo de una olla de arroz humeante. El señor José dejó escapar un gruñido seco y se tiró en el sillón de cuero marrón que tenía ya la memoria de su cuerpo.

Gabriel observó pacientemente desde su asiento en un parche de tierra seca mientras la bola de media se movía entre sus hermanos. Estaba contento con su observación, imaginando cómo un día podría ser un pelotero famoso para una de las selecciones. Nunca había lanzado una pelota de media en su vida, pero estaba seguro de que podría hacerlo si realmente lo intentara. Joselito no lo hacía parecer difícil. Corría con facilidad, sin jadear ni toser.

Desde la cocina, un plato de cerámica chocó con el suelo. Los niños y los pájaros se congelaron por un microsegundo, mirando hacia la pequeña explosión, antes de seguir sus actividades. El movimiento de los pies indicó que todo estaba bien.

Gabriel entonces se sintió compelido a levantarse y mirar desde el otro lado del patio, donde podía ver a Christian golpear la bola del calcetín con mayor claridad. Se escabulló entre sus hermanos para no ser golpeado. Sus pies rebotaban suavemente sobre la tierra y los parches de hierba, evitando con gracia los cristales rotos o las tapas de las botellas. Miró hacia abajo mientras sus dedos desnudos se cruzaban uno frente al otro, uno frente al otro, uno frente al otro. El ritmo lo tranquilizó y ahogó todos los demás sonidos. Solo quedaba un leve pulso en su interior para complementar el ritmo relajante de uno, dos, uno, dos, uno . . .

Un grito como de mujer rompió el silencio y empujó a un grupo de golondrinas a escapar hacia el cielo púrpura. El ritmo de Gabriel se detuvo. Miró hacia arriba, sorprendido y un poco perdido, sin reconocer su entorno. La tierra bajo sus pies estaba ahora más empapada y oscura. Algo crujió delante de él en el mar de espadañas que reflejaban la puesta de sol en sus mechones plumosos. Las rodillas de Gabriel cedieron y se estrelló contra una roca que sobresalía entre el suelo húmedo. Su corazón se aceleró levemente y sus pulmones intentaron mantener el ritmo. El cielo se tornó extraño y abrumador, de repente era una eternidad de color rosa enfermizo. Debió haber caminado al menos dos millas sin siquiera darse cuenta. El niño estaba completamente solo, aislado de todo lo que conocía. No estaba asustado, afirmó. Papá José le solía decir que no se asustara. Se incorporó, giró ciento ochenta grados y siguió el ritmo. Su fe y sus piernas lo llevarían a casa. Ésta era su única opción.

Finalmente, las tejas españolas de arcilla y la puerta de madera remendada por la que había implorado aparecieron a la vista. Gabriel se permitió correr ahora. Pasó el panadero, el gomero, la casa de la señora Imogen que hacía piñatas. La puerta se cerró tras él con un tímido portazo. Esperaba que le perdonarían una paliza. O peor aún, un largo discurso a gran volumen. Quizás culparan a sus hermanos, ya que fueron ellos quienes habían sido los negligentes cuidadores. Tal vez su madre incluso dejaría que Gabriel eligiera el palo con el que los castigarían. Esto le dio el valor para adentrarse más en la habitación.

La silla de papá estaba vacía. Cantos de "¡Más alto! ¡Más alto!" Seguían en el patio como una película detenida en el tiempo. Doña Mabel estaba acomodada en una vieja silla azul de cocina, envolviendo su mano derecha en tela mientras un líquido rojo nadaba a través de las costuras. Ella pareció no notarlo. La mesa todavía estaba puesta, ahora adornada con una nueva olla de arroz y tazón de cerdo desmenuzado. Gabriel miró desde el sillón a su madre y luego al corte en su rodilla llena de cenizas.

Rápidamente se secó la rodilla con el dorso de la mano.
Y corrió hacia el hoyo en forma de puerta al fondo de
la cocina.

"¿Y tú dónde estabas?" Mabel preguntó con sus cejas
fruncidas cuando Gabriel intentó pasarla. Sacó el brazo
del niño de debajo de ella con su mano libre. Su expresión
continuó la pregunta, implacable. Gabriel tartamudeó
que había estado buscando la pelota para sus hermanos
mientras tiraba ligeramente de su brazo en dirección al
patio, deseando ser liberado. "Mmm . . ." Ella lo interrogó
sin hablar. Sabía que ella sabía que estaba mintiendo. Lo
dejó ir.

"¡Niños! ¡Christian! ¡Júnior! ¡La mesa!"

La casa se llenó de risas y juventud cuando los dos
entraron en fila. Mabel le ordenó tranquilamente a
Gabriel que fuera a buscar las habichuelas del fregadero.
Mientras Gabriel obedecía nerviosamente, ella se preparó
para desatar su ira sobre sus hijos mayores. "¿Dónde 'ta
papá?" preguntó uno de ellos. Hizo un gesto hacia Gabriel.

"¿Por qué está sangrando? ¿Qué le hicieron? ¿No
podían buscar la pelota ustedes mismos? Maldita
sea, ninguno de ustedes muestran nunca una gota de

cariño el uno por el otro! Si solo prestaran atención
en la iglesia, carajo . . ." Comenzó la protesta. "¿QUÉ?
¡No hicimos nada!" "¡Él está mintiendo! ¡Él siempre
miente!"

Christian se volvió para caerle a golpes a su hermano
menor. Christian tenía el aspecto de un gato callejero que
finalmente había descubierto el hueco en el que vivía el
ratón de la casa. Gabriel vio como los ojos de Christian
se convertían en un charco negro vidriado. Su audición
se apagó, pero no antes de registrar el familiar sonido
de la cerámica rompiéndose en el suelo. Un chorro de
habichuelas negras le empapó los dedos de los pies, o al
menos eso pensó. El suelo de tierra sólida se convirtió
en un pantano. Su madre y sus hermanos se habían ido.
Todo lo que quedaba era negrura. Sentía como si nadara
a través de la oscuridad con los brazos impulsándolo,
girando al mismo ritmo que sus piernas. Uno, dos. El
sillón de cuero se acercó a él, más grande que el techo
que también había desaparecido. Las estrellas desnudas
se dispararon hacia abajo como rayos láser, repeliéndolo
más profundamente en la tierra. El sillón saltó hacia
él. Gabriel luchó por agarrar algo, cualquier cosa. Los

dientes rompieron el cuero y soltó una ola de relleno amarillento y podrido.

Un ejército de guardias de seguridad del campus sujetó el cuerpo de Gabriel mientras sufría un espasmo en el suelo a cuadros de la cafetería. Los pateó, gimiendo, con la espalda arqueada lejos del suelo. Se despertó cuando llegaron los paramédicos, ahora tan capaces en todos los sentidos que simplemente realizaron un rápido examen físico antes de permitirle continuar con su día (como él había pedido con tanta vehemencia). Para entonces ya no tenía hambre. Recogió rápidamente sus cosas. Gabriel vio como la escena del crimen de habichuelas negras derramadas era limpiada por el suape de un conserje.

II.
Colmado

La pálida pintura azul en el exterior de la casa tenía grietas más profundas que las manos tostadas de su abuelo, su tono se desvanecía más rápido que su mente efímera. Las primas y primos de Cristabel en la isla contaban cuando todos eran mayores que a pesar de que su demencia empeoraba, el viejo todavía se levantaba a la misma hora todas las mañanas, con el sol y los gallos, y abría su pequeña tienda azul tal como lo había hecho desde casi siempre, incluso antes de que su propio padre fuera un adolescente. Probablemente antes de que hubiera automóviles o teléfonos o cualquier signo de vida moderna. La verdad era que se desconocía la edad real del colmado del Abuelo. Abrían y cerraban varios colmados en el pueblo de Hidalpa, pero la tienda de su abuelo había perseverado lo suficiente como para convertirse en el colmado más conocido localmente.

A pesar de las presiones de adoptar el pueblo de su padre como suyo, Cristabel nunca había podido sacudir a la Gran Manzana que había conocido durante la mayor parte de su vida. La languidez de los días en Hidalpa pesaba sobre ella tan densamente como el aire húmedo del verano. A menudo trataba de combatir al Dominican-York interior que deseaba caminar rápido y tomar trenes, pero era una batalla perdida. Hidalpa era una historia que había heredado, pero no era suya.

Aún así, dos meses después de que su abuela muriera repentinamente, Cristabel visitó a su abuelo para verificar su estado. Habían pasado cinco años desde su última visita, y tenía el mismo aspecto que tenía desde la década de 1950. Para su sorpresa, sus primos no habían exagerado en sus llamadas. De lo único que podía hablar el viejo era de su colmado. Preguntaba por sus órdenes y sus libros y sus cuentas. De vez en cuando preguntaba por su querida esposa, ¿dónde estaba? Y un tío o un primo

hablaba mentira diciendo que se había ido a la ciudad
a buscar medicinas y que volvería pronto. Y aceptaba
instantáneamente esta historia como cierta. Luego, su
mente volvía a su colmado en seguida. Así fue la mayor
parte de la visita.

Lo único que se había quedado pegado como un
chicle en la mente de Cristabel fue un artículo que había
leído en The New Yorker cuando estaba sentada en el
avión de regreso a casa desde Hidalpa. Se trataba de
cómo el matrimonio era bueno para los hombres y malo
para las mujeres: la esperanza de vida de un hombre se
prolonga si está casado con una mujer y la de una mujer
disminuye. Sin la presencia de la abuela de Cristabel,
se había dado cuenta de que la casa se había vuelto
silenciosa y cuidadosa. Todo era falso, un escenario. Su
abuelo era como un niño enfermo al que habían engañado
haciéndole creer que era el rey del castillo. Necesitaba
abrir la tienda a la misma hora todos los días, tener su
café con leche listo para él en la mesa, comer la misma
cena sentado a la cabecera de la mesa y beber una cerveza
de cuarenta onzas hasta dormirse en su sillón de cuero.
Solo uno o dos familiares estaban allí a la vez, haciendo

su papel en la recreación de lo que era la vida en la casa anteriormente.

* * *

Cuando la casa vieja todavía estaba en su época de oro y su abuela todavía seguía viva, cada año, para las vacaciones de Navidad, las hermanas, el padre, los tíos, la tía de Crista y sus veinte primos llenaban la casa que su abuelo había construido con revestimiento de aluminio, madera y tierra. Dormían constantemente apilados uno encima del otro, comían uno sobre el otro, y esperaban horas para usar una de las dos letrinas explícitamente asignadas por género. Con la gran cantidad de primas, las reglas de la letrina se modificaban cada mañana. Uno tenía que despertarse al romper el alba para tener la oportunidad de una ducha matutina decente. A veces, los niños más pequeños tomaban sus duchas heladas en parejas, solo para ahorrar tiempo y agua.

    Crista, en ese momento, era una niña tranquila pero feliz. "¿Es muda?" sus tíos le preguntaban a su padre. "Ella solo dice 'sí' o 'no'." Por supuesto, ella entendía más de ahí,

simplemente nunca sabía qué decir cerca de los adultos.
Pasaba los días corriendo por las calles pacíficas lanzando
palos a otros niños y volviendo a casa por cantidades
interminables de botellas de refresco de vidrio, blancos
de frío, del refrigerador trasero del colmado. Este mes
de invierno en el calor de la isla era el único momento en
que su padre le permitía beber refrescos con todas sus
comidas. Cada día probaba nuevos sabores: uva, fresa,
naranja, manzana, jengibre; incluso Sprite y Coca-Cola
sabían mejor. Ella nunca pudo explicarse de niña por qué
los refrescos en República Dominicana sabían mejor que
cualquier otro refresco que hubiera probado. Cuando
creció, se dio cuenta del ingrediente secreto: azúcar de
caña real de los campos, con una dulzura profunda tan
refrescante como la menta.

Un invierno, cuando Crista tenía unos diez años,
se sentó en la sala leyendo contenta a *Matilda* de Roald
Dahl, ante la perplejidad de sus primas, que habían salido
al parque de béisbol para ver practicar a los muchachos
locales. A Crista no le gustaba mucho el play de béisbol.
Los asientos de acero estaban insoportablemente
calientes y los muchachos mayores a menudo se burlaban

de ellas, sobre todo de ella en particular y de su extraño acento gringo. Antes de visitar el play, no se había dado cuenta de que tenía acento. Acababa de pasar una nueva página de su libro cuando su abuelo salió del dormitorio y le preguntó, con su fuerte acento de campo, si podía atender en el colmado.

El abuelo llevaba una sonrisa infantil, rogándole que lo complaciera en este intento transparente de conectarse con su nieta de los Nuevayores. Sintió que los nervios de su adolescencia burbujeaban levemente ante la posibilidad de interacción social que sugería esta invitación, pero cerró su libro y siguió detrás de él y de sus gastados pantalones de lino de todos modos. El colmado de su abuelo estaba pegado al lado de la casa, con la entrada trasera de la tienda atravesando el dormitorio de la pareja de ancianos, detrás de espejos de tocador manchados con fotografías tiznadas, mosquiteros y sábanas colgadas. Ella continúo siguiéndolo a través de la habitación tenuemente iluminada. Mientras levantaba la última sábana tendida que servía como barrera entre la casa y el colmado, los ojos de Crista descubrieron una nueva perspectiva de la tienda familiar.

"Traje a tu nieta para que te acompañe, mi negra,"
le dijo a su esposa, quien estaba sentada detrás del
mostrador, sosteniendo un cuaderno y un lápiz gastados.
Los ojos de su abuela se iluminaron al ver a la niña.
Estaban nublados detrás de sus lentes gruesos. Sus manos
nudosas llevaron la mejilla de Crista de diez años a sus
labios y señalaron la silla de madera que estaba junto a
la suya. Estaba sentada en esa silla como si le hubiera
tomado mucho tiempo sentarse, y le tomaría mucho
tiempo salir.

El abuelo de Crista sonrió profusamente,
intercambiando su mirada entre las dos. Crista
se preguntó que había logrado él para estar radiante
de tanto orgullo.

"Vengo ahora." Y luego desapareció detrás de la
sábana, sin esperar respuesta.

La Abuela se subió sus lentes a la nariz con el dorso
del pulgar arrugado y volvió al complejo trabajo de
contabilidad que parecía estar haciendo.

"Siéntate, niña." Crista finalmente tomó asiento a su
lado. A sus abuelos siempre les pareció muy importante
que Crista y los demás niños estuvieran sentados. Ella era

una niña que no hablaba mucho y su abuela lo sabía. Se sentaron en silencio entre el bullicio de la tienda. Crista agradeció telepáticamente a su abuela por no presionarla con preguntas cordiales. La temperatura era demasiado alta esa mañana para preguntas cordiales. Un abanico polvoriento giraba sobre ellas en el techo.

Al mirar a su alrededor, Crista se dio cuenta de que nunca había sabido realmente todo lo que ofrecía el colmado. Dos hombres en el frente de la tienda bebían cerveza junto a una mesa alta y escuchaban la radio. Había plátanos, guineos, ajos y cebollas colgando del techo, listos para ser arrancados a pedido de un cliente. El mostrador de cristal que tenía delante contenía un arcoíris de caramelos con sabor a frutas. Cristabel hizo todo lo posible por reprimir el impulso de deslizarse un dulce de tamarindo en su bolsillo. Incluso sabiendo que la nevera trasera estaba a su disposición, le resultó difícil resistir el tirón de la nevera brillante llena de refrescos situada en el frente del colmado.

Justo cuando Crista esperaba no tener que hacer ningún trabajo, un hombre que vestía una camiseta sin mangas entró a la tienda con pasos rápidos.

Miró a la pequeña y nerviosa niña detrás del
mostrador y preguntó: "¿A cómo son los plátanos?"

Crista se congeló momentáneamente ante la
conmoción de que fuera confundida con alguien que
conocía la respuesta. Antes de que entrara en pánico,
su abuela, aún mirando hacia abajo mientras contaba
monedas entre sus manos arrugadas, susurró: "Dile que
son a cinco pesos."

Sin pensarlo dos veces, Crista le respondió al hombre
en español, le arrancó la fruta que tenía encima, le
entregó su plátano, tomó sus veinticinco pesos, le devolvió
dos monedas de diez pesos y se despidió con un alegre
"¡Gracias!" Una transacción exitosa. Desapareció tan
rápido como entró.

El corazón de Crista latía con fuerza. Su rostro no
había dado ningún indicio de que ella se hubiera revelado
como estadounidense ¿Fue un instinto natural? El
acento y los gestos de sus ancestros finalmente entraron
en acción? Estaba a punto de presentar una sonrisa
de orgullo a su abuela cuando escuchó el sonido de las
monedas en el suelo. Su abuela se sentó con las manos
extendidas durante medio segundo antes de soltar una

risita ante su propia torpeza. Miró a su nieta, por encima del borde de sus lentes, y Crista pudo ver una chispa de juventud bajo sus nublados ojos color avellana. Un momento más con las monedas en el suelo entre ellas casi hubiese logrado que Crista soltara una carcajada también.

Pero entonces su abuelo volvió a aparecer repentinamente por detrás de la sábana, como un relámpago antes de las lluvias torrenciales que a veces se apoderaban del pueblo de Hidalpa. Una rápida ira corría detrás de sus ojos. El cambio de emociones fue tan abrupto que hizo que Crista se echara hacia atrás en su silla. Preguntó qué había pasado, ¿es que no podía salir del colmado y dejarlo con ella por solo dos minutos? ¿realmente se estaba poniendo así de vieja? No, no, no, ella no puede salirse con la suya. Increíble. ¿Y delante de la niña?

Crista miró fijamente, preguntándose si debía intervenir, conociendo sus limitaciones por ser menor, peor aún, por ser niña. Nunca antes había temido a su abuelo. Exigió que su esposa se tirara al suelo y recogiera las monedas. Su dedo acusador la impulsó con fuerza a actuar. Ante esto, Crista finalmente intentó bajarse para recogerlas ella misma, pero se encontró con la mano de su abuelo en su pecho.

"No, déjala."

Crista no dijo nada, pero sus ojos emitieron sus propios juicios duraderos. La memoria distorsionaría su impresión de este momento cuando regresó a ella a los veinticinco años en un avión de regreso a la ciudad de Nueva York. Pero la imagen de su abuelo dando esta orden permanecía intacta.

Dolorosamente, observó cómo la mujer se subía lentamente su fino vestido casero y doblaba sus viejas e hinchadas rodillas ante su rígido marido. Crista miró a los dos de forma tensa. Su abuela miró a su nieta brevemente, mientras recogía las monedas en sus palmas. El sudor se acumulaba en su rostro. Los lentes se le estaban cayendo de la nariz abotonada. Entonces, la sonrisa más curiosa se dibujó en el borde de sus labios. De repente, era como si ella dijera: "Lo siento, querida" y "Es un viejo terco, ¿no?" Era como si el remate de una triste broma interna hubiera sido entregado, y Crista, como lo hacen los niños, entendiera algo en lo que ella no entendía.

Ella no devolvió la sonrisa de su abuela. No tenía ganas de reír.

* * *

En el reclamo de equipaje de la Terminal 5 del aeropuerto
JFK, Cristabel se preguntó por qué nunca le había contado
a su padre sobre su trabajo mañanero en el colmado
cuando era niña. Ahora ella dejó su padre al otro lado,
trabajando su turno como enfermero del abuelo. Recordó que cuando tenía diez años, ella pensó en contárselo
esa misma tarde mientras cenaba. Mientras le pasaba el
plato de tajadas aguacate, decidió no hacerlo. La forma
en la que sonrió cautelosamente ante la hinchazón en
los pies de su abuela y la ayudó a colocar el lugar de su
padre en la cabecera de la mesa. Su rostro envejecido se
volvió idéntico al de su madre con el tiempo mientras
desempeñaba ahora su papel en la recreación escenificada
de la vida en la vieja casa. Cristabel se dio cuenta de que
su padre ya debía haber sabido las bromas internas de
su abuela. Había aprendido a reír. Se preguntó si, algún
día, lejos en la distancia de una clásica puesta de sol de
Hidalpa, alguna vez se vería así misma también como
parte de la broma.

III.
Nadando en Círculos

Aestas alturas, los adolescentes habían comenzado a lanzar botellas de Presidente prendidas en llamas a lo largo del perímetro del Parque Central. Aparte de la luz de estos pequeños fuegos, afuera había ese tipo de oscuridad absoluta que te aseguraba que estabas en medio de la nada. En Hidalpa, el Parque era una especie carrusel de pecados en Año Nuevo. Había una cierta magia que tiraba de la ciudad en círculos mientras la otra mitad del pueblo se embarcaba en un paseo alrededor del parque. Era como si a cada paso, colectivamente le daban cuerda a un reloj gigante, hasta ganar suficiente fuerza para impulsarse a sí mismos en otro viaje alrededor del sol.

Joselito - ahora José por su propia declaración y a

veces "Chito" como le decía su madre cabeza dura - casi no podía diferenciar entre el calor exterior y el calor que se sentía dentro de su barriga de adolescente. Cada botella rota y cada fuego artificial provocaba otro jalón frenético de su hermano menor, Gabriel. Era el tipo de niño que siempre estaba en el medio.

"Diablo, Gabby, cálmate. ¿Te quieres ir a casa, muchacho? ¡Entonces vámonos a la maldita casa, coño!"

Los brillantes ojos de Gabriel sacudieron un "no."

"Entonces deja tu vaina. Deja de ser un bebé."

Su madre había liberado a Gabriel de sus garras en la víspera de Año Nuevo. El reloj dio las doce, se comieron las uvas, se dijeron las bendiciones y el pueblo estalló en explosión musical. Incluso se escuchó a los gallos unirse para celebrar otro año de existencia. Mientras los gallos podían vagar libremente y encontrar a sus gallinas, José fue encadenado a su hermano antes de que tuviera la oportunidad de escapar. De alguna manera, el hermano del medio, Christian, había podido huir a la casa del vecino durante las bendiciones. José casi nunca había pensado que Christian fuera tan inteligente hasta ese momento.

"Por favor, haz tres vueltas a la manzana con él y tráelo

a casa, Chito," le había suplicado su madre en nombre de Gabriel.

Solo una mirada seria de su padre selló el destino de José. "Y no lo lleves pa' donde esas lacras de amigos tuyos con sus tira pós y vaina con fuego, jugando con esas botellas rotas. Si pierde un ojo como el vecinito de al lado, ve buscándote mejor otro sitio donde dormir."

"Entonces . . . dame dos o tres pesos para comprarle un helado."

José guardaba el dinero enrollado en su calcetín, mientras se acercaban a su segunda procesión por el parque. Tenía una fina cadena de oro colgando del cuello que le habían comprado para su cumpleaños. Llevaba su mejor camisa de lino que usaba para ir a la iglesia y el cinturón de cuero que había limpiado y engrasado esa mañana. Hacía olas en el aire con su botella secreta de ron y mabí (ahora medio vacía) cada vez que veía a alguien que reconocía. Todos los amigos de José se sentaron en los bancos del parque con muchachas sentadas en sus piernas, sin preocupaciones ni cargas. Sin embargo, aquí estaba José. Encadenado a este chamaquito.

Miró a Gabriel, que parecía un turista maravillado con las vistas a su alrededor.

Por segunda vez, le pasaron por el lado a la señora Milagros y su hija Estervina en el puesto de fritura. El olor de fritura flotando a través del caos. José vio a Estervina salir y a patear un mini petardo perdido con un tacón rojo, vio su pierna desnuda. Entonces decidió que esos tres pesos eran de ella y puso sus ojos en el colmadón pegada a la parte trasera de la camioneta de Don Luis, más adelante. Le dio pausa a su paseíto entonces.

"Ve a jugar con tus amiguitos, Gabby, ya vuelvo." José señaló a los niños pequeños que jugaban en la glorieta central de piedra, rodeados de madres adolescentes. Gabriel miró a su hermano con una mirada hundida y molesta.

"Ja, ja, ja."

"¿Oh? ¿Quién se ríe?" José le subió las cejas con una amenaza a Gabriel y siguió adelante, pidiendo un ron y Coca-Cola.

* * *

Se volvió hacia la procesión, con su objetivo en el puesto de fritura de Milagros. Se había encendido un segundo

radio, haciendo sonar cintas de bachatas calientes contra
él. Sonaba también Fernando Villalona que el tío de
alguien estaba poniendo en un tocadiscos. La multitud
ajustó el volumen de sus conversaciones a gritos de
acuerdo al ruido circundante.

El sonido era abrumador, pero de alguna manera
reconfortante ya que dominaba los ritmos nerviosos
dentro de él.

Estervina.
"¡José! ¿Que lo qué, montro?"

"¡Ey, Berto! Todo bien, ¿Que lo que hay?"
Estervina. Siguió caminando.
"¡José!"
"¡Marco! ¡Te me cuidas, brother!"
Estervina.

"¡El Belén!"
"¡Ya tu sabe'!"
Estervina.
"¿Sí?"

José miró fijamente a la muchacha de piel morena frente a él, con ondas de cabello negro azabache brillando mientras le entregaba un quipe caliente y recién sacado a la niña que tenía a su lado. José puso la sonrisa más hábil que tenía y le ofreció a su madre el vaso de ron con coca cola.

"Su hija esta hermosa este Año Nuevo, Señora Milagros ¿Alguna posibilidad de que la deje salir?"

La señora Milagros le lanzó una mirada medio divertida a su hija.

"Está bien, Mami. Puedo qued—"

"Ah, vete, antes de que diga que no. ¡No me traigas a ningún bebé! Y recuerda . . . ?"

"Dios está mirando, lo sé." Estervina besó a su madre en la mejilla y se quitó el delantal. Le arrebató la bebida de la mano a José y pasó junto a él. Ya se estaba riendo con un grupo de chicas en la esquina.

José la persiguió. Deslizó una mano alrededor de su cintura.

"Oye, mami, sabes que la bebida tiene un precio."

"¿Oh sí? ¿Qué precio, José?" ella le volteó los ojos a sus amigas mientras hablaba.

"¿Por qué no vienes a sentarte conmigo un rato y lo averiguas, mi amor?" su voz, un poco quebrada, susurró en su oído derecho.

Sus amigas se rompieron a reír. Él apretó su agarre en la cintura de Estervina.

"Ay, chulo, creo que antes de meterme contigo, primero me meto con tu hermanito ¡Él es súper lindo!" ella le apartó la mano a José mientras sus amigas se morían de la risa. De repente, a José le entró un dolor de cabeza. Se agachó y le agarró la muñeca a Estervina brutamente antes de que su mente se convirtiera en un abismo negro. Ella lo miró con una pregunta en sus ojos, sin miedo y confundida. Él dejó caer su muñeca.

Gabriel. Coño.

"¿Has visto a mi hermanito? ¿No has visto por dónde cogió?" José siguió caminando en círculos y preguntando

"¿lo has visto?" Pero solo se encontraba con caras en blanco. Los radios estaban como en un combate, el volumen era abrumador. Pasó por las mismas caras una y otra vez. Los niños pequeños y las muchachas embarazadas habían regresado a sus camas. Finalmente, un haitiano que vendía máscaras le apuntó hacia la calle De Santos, la calle principal, donde dijo que estaban jalando a un niño. José atribuyó la extraña frase a que el hombre no manejaba muy bien el español, y esperaba que, en realidad, nadie se hubiera llevado al idiota de su hermano.

La caminata por la carretera principal fue como nadar hasta el fondo del océano, alejándose cada vez más de la luz. Pasó junto a varias vacas y un chivo y arbustos con ojos como los míticos negros de La Joya que habían atormentado sus recuerdos de infancia, desde que lo sacaron de la cama que compartía con Christian una mañana de Pascua. Oraba ahora, como lo hacía entonces, para que esos rostros grotescos y alquitranados, adornados con hojas de maíz secas, lo dejaran en paz. También oró para que su palpitante dolor de cabeza desapareciera. Pero sobre todo, rezó para que Gabriel no estuviera muerto, y rezó para que su madre no lo matara. Prometió ahora, como lo había hecho entonces, que dejaría de pecar e iría a la iglesia todos los días y escucharía a sus padres. Se preguntó si este era su castigo por haber mentido.

Debió haber caminado cuatro millas antes de escuchar el cause de un río acercándose. Fue entonces cuando vio la vaga mancha de una sombra más allá de donde estaba él. "¡Gabriel! ¡Gabby! ¡Gabbicito!"

Por lo que sabía, quizá le estaba gritando a otro chivo. José aceleró el paso, pero la sombra se mantuvo del mismo tamaño. Por un breve instante se preguntó si el ron engañaba sus ojos.

Entonces la sombra se hundió en el río, tragada rápidamente y por completo. Se había esfumado.

"¿Gabriel?" se lanzó a correr. El río, en el recodo del camino donde se bañaban niños que no tenían agua en casa, y donde José había experimentado su primer beso con una chica de las cuevas de los pescadores, era ahora una hirviente masa negra. Se levantaron burbujas de donde se había tragado la diminuta sombra. Gabriel. ¿Cuántas veces su padre militar había empujado a sus hijos por los acantilados para enseñarles a nadar? ¿Y cuántas veces José había agarrado una mano pequeña y hundida y la había arrojado a la orilla?

El dolor de cabeza de José se convirtió en un zumbido abrasador en sus oídos.

* * *

El aire ascendía de negro a azul marino cuando Doña Mabel, medio dormida, recibió la vista de su hijo mayor acurrucando en sus brazos a un bebé empapado y con espasmos. Había comenzado preguntando qué diablos estaba pensando el loco de José al llegar a casa a esas horas. Abrazaba a su hijo más pequeño, a su bebé mojado y tembloroso.

"¿Qué pasó?"

"No sé."

"¿Dónde está su ropa?"

"¡No sé!"

"No me grites, José Belén. ¿Por qué está mojado?"

"Entró al río como un loco, como si estuviera poseído o algo así. ¡Lo juro! Él no deja de . . . luchar."

Una llaga se estaba formando en el costado de su

abdomen cuando Gabriel le golpeaba con los brazos. Su madre agarró una cubeta para dejar la puerta abierta a sus hijos, guiándolos dentro de la casa.

La Doña tenía una mirada cómplice en sus ojos. Limpió la mesa del comedor, farfullando en voz baja mientras lo hacía.

"El Diablo. El maldito Diablo coño, que vaina." José apenas la había oído maldecir tanto, aunque parecía que ahora estaba llamando al mismísimo demonio. Parecía estar más molesta que cualquier otra cosa. "Ponlo aquí y ayúdame a traer esta mesa afuera pa' no levantar tu papá." Como si fuera una señal, José Sr. dejó escapar un ronquido tembloroso a través de la pared.

Llevaron a Gabriel retorciéndose al patio trasero, poniendo la mesa de madera debajo del árbol de limón. Doña Mabel entró arrastrando los pies dentro de la casa y regresó con un libro amarillento del tamaño de una Biblia. Estaba lleno de bultos con hojas secas y un rosario sobresaliendo. Lo abrió junto a su hijo enfermo, hojeando frenéticamente antes de poner la mano en la página deseada. José se quedó impaciente, con los brazos colgando flácidos e inútiles.

"Vete, tráeme una cubeta de agua del río," le ordenó, mientras colocaba el dorso de la mano sobre la frente vibrante de Gabriel.

"¿Quieres que vuelva allí?" un dolor repentino recorrió la espina dorsal de José. La única respuesta de su madre fue fruncidor los labios. Procedió a sacar un frasco de sustancia blanca de su libro y vertió el polvo sobre la cara de Gabriel. José reconoció que esto le sobrepasaba.

"Está bien, está bien, voy."

Cogió el cubo de agua de la habitación y salió por la entrada principal que su madre había dejado abierta. La puerta de madera se cerró de golpe detrás de él. José dio un respingo. Su agotamiento lo alcanzó por un momento antes de que, curiosamente, sintonizara sus oídos a través de los ronquidos rítmicos de su padre y distinguiera la voz de su madre, cantando en perfecto latín de iglesia y en algún otro idioma que no podía ubicar. Desde detrás de la casa, vio cómo el humo se elevaba a través de las ramas de los árboles. Había algo antinatural en los gestos violentos de su hermano. Se había dado cuenta ya de las intenciones de su madre, y agradeció tener una excusa para abandonar la escena. El sol de año nuevo aparecería en cualquier momento.

José—ahora José por su propia declaración y a veces "Chito" de una madre cabeza dura - se agachó y comenzó su segunda carretilla de la noche. Corrió contra los relojes que marcaban los corazones de los gallos del pueblo. Corrió contra los sueños de su padre. Corrió y se preguntó, hipotéticamente, cuánto tiempo ahorraría si no corriera. ¿Cuánto más fácil sería simplemente no ser el hermano mayor de Gabriel Belén? Entonces, huyó del diablo pisándole los talones.

IV.
Cortando Clase

Los altoparlantes en cada salón de clases de la John F. Kennedy High School dejaron escapar un pitido alto a las 8:23 de la mañana. Era un Mi alto ligeramente desafinado que sonaba como un pito para perros en los oídos de todos los estudiantes. Daya Belén estaba enterrada en su escritorio, casi casi durmiéndose, como solía estar en su clase de Español Avanzado. Se estaba cansando de esta escuela y de Paterson y New Jersey en general. Todos los días había una vaina nueva. Nuevos chismes, nuevas sirenas de la policía, nuevas reglas y nuevos directores. Y hoy, de todos los días, un timbre de emergencia de los altavoces.

ESTUDIANTES Y PERSONAL, TENGA EN
CUENTA QUE ESTAMOS LLEVANDO A CABO
UN LOCKDOWN. SIGA LOS PROCEDIMIENTOS
HASTA NUEVO AVISO.

Los estudiantes del salón L10 dejaron escapar un quejido colectivo. El segundo período apenas había comenzado y todavía había un par de chicos dando vueltas por los pasillos. Daya escuchó a algunos muchachos reír en el pasillo frente a la puerta de la clase.

"MOTHERFUCK!" uno de ellos gritó a través de los pasillos casi vacíos.

"¡Güey, cállate la *fucking* boca!" dijo otro "¡Eres un dickass!"

"¡Shhh!"

Cada *fuck* que decían era música para los oídos de Daya. Le daba todos sus respetos por el creativo uso del vocablo *dickass*.

"¡Silencio por favor!" su rubia maestra sustituta siseó en el pasillo antes de cerrar de golpe la puerta del salón. Daya estaba segura de que había una regla o algo acerca de que los profesores deberían que dejar entrar a los estudiantes durante un lockdown. Se notó que la mujer era nueva, parecía tener miedo de ellos y lo ocultaba bastante mal. "¡Okey! Estoy segura de que todos saben qué hacer. ¡Movámonos, muchachos!"

Daya esperó hasta que más de sus compañeros salieran de sus asientos antes de que ella tomara su teléfono y caminara hacia el fondo del aula. Se agachó debajo de la mesa del fondo entre las dos únicas personas con las que hablaba en esa clase. Y que eran la única razón por la que estaba tomando una clase en un idioma que ya conocía. Pasó un minuto de silencio después de que el sonido de pies arrastrándose en el pasillo disminuyera. Dos chicas cerca de la ventana fueron las primeras en empezar a susurrar. Y luego los susurros se extendieron por el grupo de treinta estudiantes como una plaga.

"¿Crees que es un arma o una alerta de bomba otra vez?" preguntó Yasmín con indiferencia. Daya fingió no notar que el chico detrás del hombro de Yasmín pasaba una botella de agua que claramente estaba llena de vodka. Si había algo que Daya sabía bien, era no meterse en lo que no le importaba.

"No hacen lockdowns tan temprano, además ya

tuvimos uno este mes. So, probablemente sea uno u otro. O simplemente un tipo cualquiera caminando por ahí," respondió Daya. Sacó su teléfono y actualizó Twitter.

"Freddie dijo que la oficina del Sub-Director dijo algo sobre alguien que encontró un arma o algo así." Amara presentó su teléfono al grupo. Daya maldijo en voz baja. Miró el reloj que sonaba como una bomba al otro lado de la habitación.

"Todavía podemos irnos a las 8:40 después de que esto termine," afirmó Daya. Sus amigas apartaron la mirada. "¿Todavía nos vamos, verdad?"

"No sé, dude," dijo Yasmín, mientras recogía un cabello suelto al frente de su hijab. "No me interesa morir por el día de Senior Cut."

"Uf, no entiendo el sentido de estos lockdowns, bro. Cualquiera puede vernos por las ventanas o por la ventana de la puerta . . . like . . . ¿qué se supone que debemos hacer?" Amara hizo un gesto hacia la sustituta nerviosa, con su pierna moviéndose rápidamente de arriba abajo en su silla. "¿Crees que Ms. Becky se deje disparar para salvarnos?"

Un momento después, el violento movimiento de la
manija de la puerta hizo que la maestra se sobresaltara y
dirigiera la atención de todos al frente.

"Oiga, es solo el Sub-Director chequeando, miss,"
anunció un chico desde la parte de atrás del grupo.

"*Miss Haddison*," corrigió la mujer.

"Whatever, miss."

Un par de estudiantes se rieron entre dientes.

Entonces los susurros comenzaron de nuevo. Cuando
Daya actualizó su Twitter, vio un nuevo artículo en el
periódico de North Jersey sobre un escándalo entre
estudiantes y maestros de la semana anterior. Guardó el
artículo para leerlo más tarde.

"Miren, tengo veinte dólares y mi libro de cupones.
Podríamos ir a Banana King o a donde venden
hamburguesas o algo y luego ver una película. Conseguí un
dos por uno para Skylight Cinemas. Vamos a largarnos de
aquí," Daya continuó su súplica. A pesar de que ya tenía todo
el día planeado, quería que pareciera que tenían una opción.

"Yo estoy bien con cualquier cosa," dijo Amara con un
suspiro. "Pero ya tú sabe' como se pone e'ta," señaló con la
cabeza hacia Yasmín.

"No sé cuántas veces tengo que decirte que dejes
de hablar mierda de mí. El árabe y el español no son tan
diferentes, bitch," bromeó Yasmín. Ella se resistió a Amara
y las dos intercambiaron una mirada juguetona.

"¿Entonces vas a venir?" Daya había estado esperando
aquel día durante semanas. Cada año, la clase de último
año intentaba coordinar un día oficial de cortar clase, y
cada año los organizadores no se ponían de acuerdo
y todos simplemente cortaban clase en diferentes días de
la misma semana. Daya lo prefería así, de todos modos.
¿El punto de faltar a clase no era precisamente que no se
lo esperaran? Y si se iba lo suficientemente temprano,
podría janguear con Yasmín y Amara y aún hacer su turno
habitual trabajando en la guardería. Después de eso,
trabajaría su turno donde no le pagaban cuidando a su
sobrino en casa.

El sonido de pesados pasos corriendo por el pasillo
llamó la atención de todos hacia la puerta nuevamente.

"¿Si ese fue el pistolero corriendo, no crees que habrá
mucha policía por todas partes observándonos?" Yasmín
volvió al punto inicial.

"Ya hay un tró de policía en esta escuela todos los

días, ¿y qué? Tomamos la salida cerca de la sala de música. Hay un millón de chicos aquí. Nadie se dará cuenta." Daya tenía una respuesta preparada para todas y cada una de las inquietudes de su amiga. "No sé por qué estás tan preocupada. Vas para Princeton. Ya está todo listo para ti."

"¡Exactamente por *eso* no puedo ir a la cárcel!" replicó Yasmín. "A diferencia de ustedes, la realidad es que yo sí tengo algo que perder."

"Está bien, ya cálmate, esa me dolió de verdad," dijo Amara. "Ustedes son afortunadas–tú que eres súper inteligente y Daya que tiene su violonchelo. Yo daría cualquier cosa por tener un talento."

"¡Cállate! Tienes muchos talentos, Amara." Daya golpeó a Amara en el hombro suavemente.

"¿Cómo cuál?"

"Eeeehhh . . ." Daya y Yasmín se miraron pidiéndose ayuda.

"Ustedes son una mierda."

"¡Oh, ya sé! Puedes bailar twerk. ¡Ojalá pudiera yo bailar twerk!" dijo Yasmín, finalmente, luciendo orgullosa de sí misma.

"Sí, no puedo esperar para especializarme en

twerking en la Passaic County Community College."
Amara tenía la cara de piedra. "Daría igual que dijeran
que yo enrolle los blunts perfectamente. Al menos puedo
monetizar eso."

Daya no estaba segura de qué decir. Nunca había
considerado que pudiera sentirse afortunada de saber
lo que quería hacer con su vida. Realmente no tuvo que
pensar dos veces para decidir que quería estudiar música.
La parte más difícil fue contárselo a sus padres, pero
estaban contentos de que Rutgers le hubiese concedido
una beca completa. Fue un milagro que sólo Dios podría
haberles dado; por fin, una de sus hijas podía ir a la
universidad. Antes de recibir la carta, no tenía idea de
cómo saldría de Paterson. Daya quería decirle a Amara
que todo en su vida saldría bien también, pero eso no se
sentía del todo sincero. Ella realmente no tenía idea de
lo que pasaría dentro de un mes cuando se graduaran. Si
pensaba demasiado en eso, era posible que se aterrorizara
por completo.

Entonces, en cambio, volvió a abrir su teléfono
y encontró a sus compañeros retuiteando el artículo
de noticias con variaciones de #FreeMrWill y

#AlanaLaPutanat. Respiró profundo para calmar la ira que burbujeaba dentro de ella. Lo mismo sucedía cada vez que un profesor se acostaba con una estudiante. A pesar de no conocer personalmente a ninguna de las chicas involucradas, Daya sentía lo mismo cada vez. Pero ella no quería lidiar con eso ahora.

Las manos del reloj se alinearon con la respiración controlada de Daya. Revisó su teléfono una vez más antes de dejarlo. 8:37 am. Realmente esperaba que el encierro no entrara a el próximo período.

"Está bien, concéntrense, people. ¿Van o no van?" Mantuvo sus ojos en el reloj.

"Ella va," dijo Amara. "Freddie también."

"Bueno está bien," finalmente cedió Yasmín.

Daya tiró de las cuentas de jade del brazalete que su difunta abuela le había dado. Ella oró silenciosamente para que el pistolero o la bomba o los espíritus malignos que hubiese ahí fuera se desvanecieran. Le prometió a Dios que encontraría tiempo para ir a la misa del miércoles por la noche. Daya dejó que sus pensamientos volaran hacia la libertad pura y desinhibida que sentiría tan pronto como pusiera un pie en el estacionamiento de la escuela. La forma en que su corazón iba a acelerar a través de su pecho. La emoción de finalmente escapar del centro del caos desenfrenado que era su escuela secundaria superpoblada y con fondos insuficientes (un caos que estaba segura de que probablemente ella extrañaría el próximo año.) El alivio de estar en la próxima semana y reemplazar una crisis por otra nueva.

A las 8:39, un Mi alto y algo desafinado sonó a través de los altavoces y liberó la tensión que se había estado acumulando en el aula. A las 8:40, volvió a sonar el timbre para finalizar el período. A las 8:45, Daya estaba parada en un semáforo, llamando a Skylight Cinemas para confirmar la cartelera.

V.
Vamo' pa' la Playa

Hidalpa era tan pequeño que quedó fuera de muchos mapas del país. Pero las playas de la ciudad estaban en casi todos los folletos turísticos y comerciales de la nación caribeña. Aún así, los turistas no podían encontrarla. Probablemente porque estaba demasiado lejos de la capital y demasiado cerca de Haití para su comodidad. Tampoco ayudó que solo hubiera un hotel en la ciudad. Y hotel era una palabra fuerte. Era más como una casa de cinco habitaciones con comodidades como agua embotellada premium gratis para bañarse, las (autoproclamadas) mejores arepas del país, y una familia de gatos callejeros que vivían en la cocina.

Los niños de la familia Belén no se alojarían en
un hotel; eso hubiese sido un insulto a su apellido.
Se quedaban en la casa de Don José y Doña Mabel en
la esquina de Calle de Santa Mercedes y Calle de Las
Águilas. Todos en la ciudad simplemente los llamaban
El Don y La Doña; parecía que eran los abuelos de todos
en el pueblo, independientemente de su relación con
la familia. Giancarlos, en lugar de correr por las calles
como otros chicos, pasaba la mayor parte de sus días
en el colmado del Don. Interdiario, ganaba un par de
pesos ayudando al anciano a bajar los cargamentos de
los camiones de refrescos. Regularmente trabajaba los
fines de semana tras el mostrador. Había mantenido
las distancias cuando los hijos y nietos de la pareja de
ancianos vinieron de visita ese verano del 2004. Pero
siempre estaba mirando diligentemente desde el otro
lado de la calle.

Giancarlos no sabía cómo ser un niño. Siempre
estaba trabajando y estando cerca de los adultos. No
ayudaba que nunca hubiera tenido hermanos, ni que
haya sido abandonado a temprana edad por una madre
alcohólica. Christian Belén y su segunda esposa, Luciana

Rosario, lo habían encontrado huérfano a los seis años
llorando en la cama de una camioneta Ford averiada.

Cuando Christian demostró ser infiel, Luciana besó en
la mejilla a Giancarlos, quien entonces tenía ocho años,
antes de partir hacia la ciudad en medio de la noche
con todas sus pertenencias. Y luego estuvieron solo él y
Christian. Christian era menos un padre adoptivo, y más
un compañero de cuarto y consejero.

Cuando Giancarlos cumplió diez años, Christian
le preguntó si alguna había tomado una cerveza. Luego
lo llevó a un bar con los otros parroquianos del pueblo.
Nunca dejó que Giancarlos le llamara de otra manera
que no fuera "Christian" (a veces se salía con la suya
diciendo "Señor Christian", pero la mayoría de las veces
Christian le daba una tabaná). Cuando Christian llevaba
mujeres, ponía una goma de camión gigante en la puerta
de la choza que llamaban hogar. Y entonces, Giancarlos
tenía que tocar las puertas de los vecinos toda la noche
para encontrar una cama. Su último recurso eran el
Don y la Doña, aunque odiaba absolutamente tener que
despertarlos. Podía imaginarse a la anciana saliendo a
regañadientes de su letargo, contra la gravedad y su salud

menguante. Pero ella siempre lo dejaría entrar, él sabía que lo haría.

Desde que llegaron los niños de la familia Belén, Christian pasaba desde la mañana hasta la noche en la casa de enfrente, el hogar de su infancia. Su primera esposa y sus cuatro hijos (dos niñas, dos niños) estaban allí, de visita desde Puerto Rico. No hablaban con Giancarlos, solo reconocían su presencia. Los dos hermanos de Christian también estaban allí, desde Nueva York, junto las seis niñas que tenían en total. Aparte de Ana, la bebé, todas tenían más o menos la edad de Gian. Tampoco le hablaban mucho. Simplemente lo miraban con curiosidad mientras pasaba por la cocina de Doña Mabel a la hora de la cena para recoger un plato. Nunca sabía lo que estaban pensando. O lo que decían, incluso, con el inglés áspero y chillón que a veces salía de sus bocas. Tal vez estaban mirando la cruda negrura de su piel, o tal vez estaban confundidos en cuanto a su relación con la familia. Él estaba igual de confundido. Toda su vida fue confusión y preguntas sin respuesta, pero trataba no insistir en ello.

Giancarlos observó desde detrás de la cortina

mientras los niños Belén salían al frente dela casa al amanecer, con los ojos llenos de sueño y coloridas toallas americanas de playa guindando de cada uno de sus cuellos.

"¡Yo tengo hambre, man!" Daya era la hija del medio del grupo de niñas de José Belén Jr. Su cabello estaba recogido en varias trenzas adornadas con bolas de plástico con muchos colores. Giancarlos notó que parecía ser la comediante del grupo más joven. A veces no entendía las bromas que escuchaba, pero sus expresiones lo hacían reír de todos modos. Incluso hizo reír al Don, lo cual no era poca cosa. Se sentó encima de una nevera de playa azul con una mala cara.

"Comeremos cuando lleguemos. Empaqué sándwiches. ¿Dónde, carajo, están los puertorriqueños? Ellos de verdad creen que son adultos, es increíble. ¿A dónde se metieron?" Un Gabriel paternal estaba de pie con su riñonera amarrada a la cintura y agarrando una bolsa de plástico llena de picaderas que acababa de sacar en el colmado familiar. Miró hacia la calle vacía en busca de los hijos de Christian.

"Se fueron, dijeron que conocían el camino. Laura

también fue," explicó su hija, Cristabel, con su voz chillona y caricaturesca desde unos metros por debajo de él. Laura era la mayor de Gabriel, de solo catorce años, pero al mirarla uno pensaría que tenía al menos dieciocho.

"Maldito' muchacho' de la mierda . . . ¿Por qué no se las llevaron a todos con ellos?"

"No lo sé, papá. Estamos esperando a Yolanda, todavía está en la ducha." Cristabel era una niña muy lógica. Sus gestos siempre hacían reír a Gian. Comenzó a frotarse loción de protección solar en la cara.

Yolanda, Cristabel y Daya eran inseparables. Yolanda era el objeto del afecto de todos los niños en el pueblo, consiguiendo varios piropos y pitidos en la calle. Sin embargo, con Cristabel y Daya a su lado, los chicos siempre llevaban sus boches. Por cada grosería había un come boca de Daya o una profunda cortá de ojos de Cristabel. Se burlaban de los amigos callejeros de Giancarlos sin descanso, corriendo por el vecindario tirándoles piedras y golpeándolos con palos. Ellas galanteaban su americanidad como princesas. Pero eran princesas bondadosa. Cada dos noches usaban el dinero americano que habían cambiado por pesos para comprar frío frío para todos los niños del vecindario. En esos tiempos, un dólar americano valía unos cuarenta pesos dominicanos, pero el precio del helado dulce seguía siendo de un peso. Las tres chicas bien podrían haber sido millonarias. Gian nunca tomó el frío frío que le ofrecían, no le gustaba tomar dinero de las chicas.

El llanto de un bebé y una esposa enojada adentro trajo la energía frenética de Gabriel hacia la casa. Caminó en círculos como un pollo con la cabeza cortada por un momento, sin saber qué crisis manejar primero. Luego miró directamente a los ojos de Giancarlos al otro lado de la calle.

Instantáneamente, la cortina cayó y sintió que su rostro se enrojeció. Oh Dios. Corrió a través de la habitación y se agachó encima de la cama, preparándose para un chancletazo. Nunca en toda su carrera de observar a la gente lo había atrapado tan descaradamente.

Tocaron la puerta principal. Gian trató de no respirar.

"Sé que estás ahí, papi, sal." La voz de Gabriel no sonaba enojada.

Gian abrió la puerta, dejando la cadena de la cerradura entre ellos.

"¿Qué tal, señor Belén? Buen día," dijo Giancarlos tan cordialmente como pudo.

"Hola papi. Escucha, tengo una propuesta para ti. ¿Podrías vigilar a las chicas y acompañarlas hasta la Playa de Tortuga? Solo tienes que ser su guachiman, asegúrate de que estén bien. Debo cuidar al bebé y preparar la comida con Christian. ¿Vienes con nosotros a la playa, verdad?"

La boca de Giancarlos colgaba abierta. No pudo pensar en una respuesta.

"Date rápido. Ve a buscar tu traje de baño, creo que se quieren ir pronto. Puedo darme cuenta que Daya ya se 'tá poniendo brava. Ella tiene ese bembe de mal humor." Dejó a Giancarlos en la puerta y corrió hacia el sonido del bebé llorando.

Giancarlos obedeció y rápidamente tomó su toalla y la llave del candado de su bicicleta. No se molestó en decirle al señor Gabriel que no tenía traje de baño.

* * *

Giancarlos se aseguró de mantener una distancia de al menos diez pies detrás de las chicas mientras bajaban por el medio de la calle desierta. Cuando dejaron de correr, comenzó a caminar lentamente al lado de su bicicleta, con cuidado de no entrometerse ni sobrepasar sus límites. Era la primera vez que lo dejaban solo con chicas. Se sentía un poco nervioso a su alrededor. Daya caminó hacia atrás sobre sus talones y le preguntó cómo se llamaba.

"Giancarlos." Le hizo una leve reverencia. Daya volteó hacia él, le cruzó los ojos y luego se dio la vuelta. Sintió como si accidentalmente hubiera revelado algo sobre sí mismo. Sin embargo, era lo justo, ya conocía todos sus nombres. Yolanda murmuró algo en inglés y empezaron a reír. Sabía que las chicas estaban hablando de él. Se quedó aún más atrás.

Cristabel miró por encima de su hombro.

"¿Disfrutándote la vista?" le gritó. Daya casi se dobló de la risa.

Eran superiores a él en casi todos los aspectos: nacionalidad, idioma, educación, clase, familia, color, belleza. Y, sin embargo, era el único entre ellos que conocía la ruta más rápida a Playa de Tortuga, lo que le obligaba a hablar para dar indicaciones. Las chicas pararon en una grieta en el camino donde la grava comenzó a ceder paso a la tierra.

Yolanda agitó sus rizos.

"¿Ahora que hacemos?"

"Right," dijo, en su mejor inglés. Había aprendido un poco al ver béisbol de los Yankees en esos bares a los que Christian lo arrastraba. Lamentó la fea palabra extranjera en el instante en que salió, pero trató de sonreír a través de ella.

"¿Tú hablas inglés? ¡Guau! ¿Escuchaste eso? 'Rrr-ight!" Las r's arrastradas de Daya provocaron otra ola de risas entre las chicas. Giancarlos volteó los ojos, pero no se ofendió. En realidad, era culpa suya.

"Déjalo en paz, Daya," dijo Yolanda una vez que su risa se calmó. "¿Dónde aprendiste eso?"

La luz reflejó el oro en sus ojos cuando se dirigió a él.

"E-E-En la televisión," tartamudeó.

Yolanda asintió con aprobación.

"¡Vieron, ¡es inteligente! ¿No así, Giancarlos?"

Gian se detuvo por un momento, arqueando una ceja.

"Por supuesto, mi amor," inclinó la cabeza hacia ella con confianza. Ella parecía complacida con esto. A las princesas les gusta que las traten como princesas, pensó Gian.

Siguieron caminando con mejor ánimo,
compartiendo bromas similares y respuestas de una
palabra. El camino los llevó a través de un bosque seco,
con el sonido de las olas de la playa cada vez más fuertes.
Playa de Tortuga se llamaba así porque desde arriba,
parecía el contorno de una tortuga, con un gran montículo
de pequeñas rocas marinas en el centro que separa un
lado de la playa del otro. Más allá de las rocas estaba la
arena más fina, blanda y blanca de la isla.

Finalmente llegaron a la playa: hermosa, pacífica,
intacta y reluciente en la luz de la mañana. Estaba
demasiado pacífica. Estaba vacía. ¿Dónde estaban los
adolescentes Belén que se habían adelantado?

Las hermanas y la prima vagaron por la arena
vacía mientras Gian miraba con su bicicleta desde el
bosque seco.

Miró a lo largo del horizonte. Notó algunas manchas
familiares salpicando al otro lado del caparazón de
la tortuga; así es como los niños locales llamaban al
montículo de rocas que dividía la playa. Parecía casi
interminable si se estaba parado frente a él, y rodearlo
significaba rozar los arbustos espinosos o caminar hacia

atrás para tomar otra ruta hacia ese lado de la playa. El camino más rápido al otro lado era a través de las rocas. Giancarlos vaciló. Tenía un dolor de estómago que le impedía dar un paso más. No estaba seguro de si el señor Gabriel aprobaría ir al otro lado de la playa. Era una caminata más larga y un océano más profundo y, a veces, los niños de su escuela contaban historias sobre los tiburones que vivían al otro lado de la playa. O sobre los adolescentes que iban allí en medio de la noche y realizaban actividades para adolescentes. Dejó escapar un suspiro, sin ver otra opción.

"Tan por ahí!" señaló el horizonte más allá de rocas. "Vamos chicas, las ayudaré a atravesar las piedras. Cuidado donde pisan."

"¿Está seguro?" dijo Yolanda.

"Ay, ¿no podemos dar la vuelta?" preguntó Daya, ya sin aliento. Giancarlos negó con la cabeza.

Sostuvo la mano de cada una de las niñas una a una mientras caminaban descalzas a través del lío de rocas, buscando las más redondas para poner los pies y evitando un par de botellas rotas.

"¡Coño!" Cristabel soltó una maldición mientras

bajaba del último par de rocas redondas antes de que
llegaran a la arena. Los ojos de Giancarlos se agrandaron.
Ella le aseguró que estaba bien, perfectamente bien,
olvídalo. Fue solo un pinchazo. De todos modos, Gian
arrancó una pieza de su larga camiseta y la envolvió
expertamente alrededor del talón de Cristabel. Por
si acaso.

Siguieron caminando hacia los primos mayores, sus
chapoteos y gritos se hacían más fuertes con cada paso.
La tensión de Giancarlos disminuyó a medida que se
acercaban. Nunca había experimentado pertenecer a una
tribu como esta. Todo encajaba, como en una escena de
una telenovela. Fue embriagador. El olor a sal mezclado
con cariñosos chapoteos que brillaban al sol. La playa
estaba tan cerca de su choza, y sin embargo, nunca antes
había sumergido el dedo del pie en el agua. ¿La gente
hacía esto por diversión? Giancarlos llegó al nivel de la
cadera en el océano y hundió la cabeza aún más, tomando
un gran trago de agua salada. Inclinó la cabeza hacia
atrás, intentando flotar.

No pasaron ni quince minutos antes de que otro
grito de "¡Coñooo!" fue escuchado. Esta vez fue de Daya.

El sonido del llanto detuvo abruptamente cualquier
chapoteo amistoso, y cuando Giancarlos se puso de pie
para recuperar los sentidos, uno de los primos mayores
ya la había sacado del agua. Giancarlos nadó tan rápido
como pudo de regreso a la orilla. Yolanda y Cristabel se
apresuraron para acurrucarse a su alrededor. Cristabel vio
las diez puntas rojas de diez centímetros que sobresalían
del pie de su prima y fue a acostarse en una toalla. Daya
debió haber pisado un pez guanábana. Giancarlos no la
envidiaba. Se maldijo a sí mismo por no haber escuchado
antes el mal presentimiento en su estómago. Y por si
fuera poco, Crista también empezó a llorar. Jesucristo.
Había desenvuelto la tela que Giancarlos le puso alrededor
del talón para revelar un pie más hinchado que un cerdo
de primavera. El dolor debió haber disminuido en el agua
salada y ahora la estaba alcanzando. *El Diablo*, pensó Gian.
Dos de ellas.

Casi en el momento justo, una motocicleta
negra aceleró por la arena, dirigiéndose hacia ellos.
Era Christian, cabalgando imprudentemente como
un caballero con armadura brillante, sin casco ni una
camisa limpia. Giancarlos simultáneamente sintió tanto

alivio por la presencia de un adulto como miedo por las preguntas que le harían. Pero Christian simplemente cargó a las dos niñas heridas en la parte trasera de su moto y les dijo que esperaran. Daya apretó fuerte a su tío y humedeció con sus lágrimas la parte de atrás de su camiseta arrugada. Giancarlos los siguió tan rápido como pudo pedalear.

Una vez que las niñas fueron llevadas al hospital local (cuatro habitaciones y una recepción) Giancarlos enterró su rostro en los brazos sudorosos de Christian. No pudo evitarlo. Todo era su culpa.

"No, no, no. ¿Por qué estás llorando? Los hombres no lloran, ¿oíste?" Christian estabilizó al niño sin camisa que tenía delante, sujetándolo por los hombros caídos. "¿Por qué estás llorando?"

Giancarlos trató de encontrar su voz. Las lágrimas seguían fluyendo.

"P-Porque . . . ¿te vas a deshacer de mí, verdad? No hice bien mi trabajo y ahora me vas a enviar de regreso a la calle . . . ¿Pa' la calle como lo merezco, verdad? Por favor, Christian, déjame quedarme. ¡Trabajaré en el colmado todos los días, limpiaré tu moto, por favor!"

Christian miró a Giancarlos a los ojos con una franqueza penetrante. Sacudió violentamente los hombros del niño.

"¡Muchacho! Tu 'ta loco, ¿eh? De qué diablos estás hablando. Ya, déjate de eso. Para." Christian se quitó la camiseta blanca sin mangas y se la entregó al chico. "Toma, límpiate la cara. Ahora escucha. No puedo deshacerme de ti, ¿de acuerdo? ¿Entiendes? Ni que quisiera. Puede que no seas mi hijo, pero eres Belén, ¿tu me entiendes, negrito? No digo eso a lo loco y no lo volveré a repetir. ¿Tú me oyes?"

Giancarlos terminó de secarse las lágrimas. Dejó de sollozar y comenzó a asentir con la cabeza fervorosamente. Lo que había dicho Christian sonaba bien raro saliendo de su boca, pero era lo más serio que jamás había sido con Gian o cualquiera de sus propios hijos. Christian soltó al chico y cuadró sus hombros anchos.

"Ya, coño."

VI.
Teléfono Público

*L*a primera vez que la madre de Franklyn encontró "la marihuana" en su habitación, convenció a su padre de que lo enviara durante un mes a la casa de su tía en la República Dominicana. La amenaza de ser devueltos para siempre había flotado sobre los seis chicos en tono de broma durante sus tres años viviendo en Nueva York. Sus hermanos se aparecían regularmente más borrachos que el diablo en el piso superior de la casa de donde vivían tres familias, pero esta última infracción resultó ser la gota que rebosó el vaso, e hizo que Mami cumpliera su palabra.

Los padres de Franklyn tenían reglas raras. Para él, estas reglas no tenían sentido la mayor parte del tiempo.

Beber alcohol estaba bien con ellos. Incluso los animaban a beber. Perderse el toque de queda implementado en la casa significaba un buen boche a a gritos (pero su familia se comunicaba voceando como quiera). Un un embarazo en la adolescencia era un problema, pero solucionable: fácilmente se convertía en un regalo de Dios. El hip-hop y "esa música de esos negros" era obra del diablo. La marihuana era un pecado.

Y así, Franklyn fue despedido a los catorce años para reflexionar sobre su crimen. Incluso a esa edad, e incluso sabiendo que regresaría a fines de ese mes de agosto, el joven aún derramó múltiples lágrimas durante todo el camino hasta la parada del autobús. Tuvo que sentarse durante dos viajes en autobús a Miami, encajado entre dos piezas de equipaje por un día completo, y luego ir a buscar el boleto que se iba en la madrugada que su padre había obtenido con algún primo o tío que trabajaba en el Miami International. Sus mejillas permanecieron húmedas cuando se despertó con la intensa luz del sol que golpeaba el Aeropuerto Internacional de Las Américas.

Luego, otro viaje en autobús por la isla, metido entre

una mujer que cargaba un bebé y una gallina enjaulada y trastornada, que lanzaba plumas al aire.

Absorbió por los ojos todos los clubes nocturnos y mercados inactivos y las motocicletas voladoras que de repente lo rodearon. Fue como otra dimensión. Algo como vio en el Alto Manhattan pero también algo completamente nuevo. Un vistazo a la vida que podría haber tenido si sus padres hubieran tomado decisiones diferentes. Nunca había pasado más de una hora en Santo Domingo. No era el tipo de tierra ni el campo que estaba acostumbrado a ver cerca de la ciudad natal de su infancia en el otro lado de la isla. Quizás, pensó, podría hacer girar este castigo a su favor. Un mes en Santo Domingo. Si fuera blanco, serían unas vacaciones.

- Maritza -

Su primito no había perdido ninguna de sus cualidades adorables que tenía como recién nacido. Todavía tenía los ojos saltones desde la última vez que Maritza le había visto hacía seis años. En la estación de autobuses parecía un turista. Estaba aturdido, desesperado hasta el punto de pedir ayuda a un obvio atracador antes de que la madre de Maritza lo agarrara.

"¡Mi niño! ¡Mi bebecito!" la mamá de Maritza cubrió el pálido y pequeño rostro de su primo con pintalabios rojo y acarició cada centímetro con sus uñas rojas de plástico.

Maritza no pudo evitar reírse de la estúpida y desconcertada mirada de su primo.

"Hola, Tía Lupe. Bendición, Tía."

Lupe devolvió sus bendiciones.

Maritza aprovechó para agarrar sus mejillas, manchadas de pintalabios, y pellizcarlas tan fuerte como pudo.

"¡Primitoooo! ¡Ay que lindo tu 'ta!"

Él trató de escapar, pero ella lo atrapó abajo de su sobacos con una llave de cabeza.

Esos años que Maritza había pasado levantando pesas para jugar voleibol casi parecían valer la pena. Recordó haber jugado con Franklyn cuando era bebé y ella era pequeña. Él era su juguetito. Ahora aquí estaba, casi un hombre.

"¿Qué fue, ya no quieres a tu prima, Lyndito?"

Franklyn dejó de intentar de escaparse.

"Deja a mi bebé en paz, Maritza. ¿Y eso? ¡Compórtate como una señorita!" La voz de su madre cambió a su habitual tono severo. Ella era una persona completamente diferente cuando tenían invitados.

Maritza trató de resistirse a voltear los ojos, pero su cuerpo no la dejaba. Seguramente, cuando su hermano, Tito, la puso en una llave de cabeza cuando eran niños, su madre simplemente se había burlado de eso. ¿Pero ella? ¿Una mujer? Mierda, ella nunca podía hacer nada. Al menos con Lyndo aquí, pensó que ya no sería la bebé de la familia. Mientras caminaban desde la parada del autobús hasta su casa, Maritza notó que su primito perdió algo de la chispa que había tenido al llegar.

Era un quinto piso sin ascensor encima de un bar. Su madre tuvo que quitar la basura y las botellas vacías de Presidente para poder abrir la puerta principal. Maritza estaba segura de que la vida de Franklyn en Estados Unidos, con todos los famosos y beisbolista en Nueva York, era mucho más glamorosa que esto.

La chispa murió por completo en las semanas
siguientes, ya que su madre comenzó a tratar a su primo
como a un miembro normal de la familia, asignándole
todo el lavado de ropa y los viajes a la tienda de agua
cuatro millas cada mañana para recoger el suministro
diario. Y por la tarde, cuando el padre y el hermano de
Maritza llegaban a casa de la fábrica, le tiraban sus botas
de trabajo para que Franklyn las brillara. Sus padres lo
habían puesto a trabajar tan rápido que Maritza sabía que
tenía que haber hecho algo muy malo para que lo enviaran
solo. Probablemente drogas.

Pobrecito.

– Franklyn –

Después de una semana de ser un sirviente de guardia
en la casa de su tía, Franklyn estaba exhausto. Pero no se
quejó. Al menos tenía un techo sobre su cabeza, mangos
frescos todos los días y una presidente helada todas las
noches. Y la comida de Tía, que no era tan buena como
la de su madre, pero sin duda mostraba influencias
similares. Y pudo ver cómo sus primos, mayores, más

sabios y más amables con él que sus propios hermanos, mostraban sus habilidades como jóvenes adultos rebeldes. Se maravilló de ellos.

En los Estados Unidos, su casa parecía estar mejor protegida que cualquier prisión federal. Pero la tía Lupe no era el perro guardián que era su madre. Y vaya que se aprovechaban sus primos.

Normalmente, solo uno podía escaparse a la vez, ya que sería necesario que Maritza o Tito se quedarán atrás y dejaran caer la escalera de incendios fuera de la habitación de Tito lo más silenciosamente posible para que el otro pudiera regresar de sus aventuras. Si despertaban a sus padres, estarían más encojonados por el hecho de que habían sido interrumpidos en su sueño que de las charlatanerías de sus hijos. En tal caso, habrían terribles consecuencias. Pero el sistema estaba tan perfeccionado que eso rara vez sucedía.

Y ahora que Franklyn estaba presente, tanto Maritza como Tito podrían ir a vivir su doble vida frecuente y simultáneamente. Franklyn nunca fue invitado: se veía demasiado joven para que los porteros fingieran creer que tenía dieciocho años.

Durante una noche cegadoramente negra, los
dos primos escaparon con prisa. Después de pasar de
puntillas por el dormitorio de sus padres y evitar las tablas
del suelo que crujían y que ya se sabían de memoria,
el siguiente desafío era maniobrar por la escalera de
incendios. Maritza, con un vestido plateado reluciente y
un bolso plateado en una mano, plataformas blancas de
imitación en la otra. Tito, cargando sus anchos hombros
junto con el dinero que le había estado escondiendo a
su padre y una confiada tira de condones en su bolsillo
trasero.

Franklyn miró con nostalgia por la ventana por un
momento. Se preguntó si alguna vez sabría realmente
cómo era ahí fuera. Luego, metió la mano en su mochila y
sacó la copia marcada de la *Divina Comedia* de Dante que
había recibido de su maestra de inglés en Nueva York.

- Maritza -

Al final, Tito salió corriendo en dirección a la casa de una
de sus novias y Maritza fue recibida por una mujer vestida

de negro, apoyada contra la pared de ladrillos del callejón. Su maquillaje había sido elaborado por una mano más experta, evidente incluso en la tenue luz del cigarrillo entre sus dedos. Tenía una sonrisa de complicidad en su rostro.

"Por fin, pensé que te había ganado el miedo."

Blanca era la prima mayor de Maritza, su favorita del lado de su padre. Maritza pensó que era un poco temeraria. Jackie, una chica de pelo corto del edificio al otro lado de la calle, casi choca con un motociclista cuando se dirigía a su encuentro. La luz de la parpadeante farola de la calle rebotó en su vestido de látex dorado. El trío se dirigió al carro del novio de Blanca, quien les esperaba en la esquina. Él también es un poco imprudente, pensó Maritza. Toda esa situación puso sus nervios tensos, pero estaba decidida a ignorarlos esta noche. Se decía que un grupo de hombres de la Marina acababan de llegar de su época en el mar y estaban pasando el rato en la Discoteca X, a dos cuadras de distancia. Era el momento perfecto para que Maritza finalmente consiguiera novio.

Varias mentiras a un seguridad cubano y cinco copas
después.

Blanca no estaba por ningún lado. Tampoco su novio.
El aire estaba impregnado de un fuerte olor a sudor y
licor. Una luz estroboscópica azul parpadeó alrededor de
la pista de baile abarrotada. Los extraños se daban vueltas
unos a otros como si hubieran sido amigos y amantes
durante décadas. Maritza encontró a Jackie sentada en un
reservado, rodeada por varios hombres de uniforme.

Una punzada de celos la golpeó. ¿Por qué los hombres
nunca la piropeaban a ella?¿acaso los intimidaba o algo
así? ¿O era porque tenía músculos y no era como Jackie,
más flaca que un palo de escoba? Su padre siempre decía
que a los hombres les gustaban las chicas fuertes. Se
interpuso entre Jackie y un soldado alto con una cicatriz
rosada en la mejilla.

Tres tragos más tarde y Maritza sintió que el suelo
se desprendía de debajo de ella. El hombre de la cicatriz
habló español elegantemente y le ofreció una bebida
burbujeante a través de nubes de humo. Maritza no tuvo

tiempo de negarse. Su estómago inmediatamente llevó sus piernas al baño mohoso más cercano.

Un estómago vacío después.

Jackie ya no era Jackie. La cabeza de Maritza estaba demasiado confusa para saber por qué. Se rio de la sonrisa tonta en el rostro de su amiga. ¿Dónde estaba Blanca?

– Franklyn –

El ligero golpe de una piedra en la puerta hizo que Franklyn encendiera la luz del dormitorio de su primo mayor y abriera la ventana. Eran alrededor de las tres de la mañana. Una noche relativamente corta. ¿Quizás una noche fracasada?

Desató el pestillo con cuidado y rodó las escaleras hacia abajo. En un momento, Tito estaba parado frente a él con una sonrisa de satisfacción, pateando a Franklyn de su lugar en la cama y mandándolo a dormir sobre su manta en el piso. Franklyn obedeció, como de costumbre. Definitivamente una buena noche, entonces.

- Maritza -

Maritza decidió que ya no le gustaba el alcohol. No esta noche. No quería más viajes al baño lleno de orina. Se levantó para tomar un vaso con agua de la barra. Sus nervios le aconsejaron que no confiara en el hombre de la cicatriz rosada para buscarlo.

Regresó con un vaso de agua en la mano y descubrió que la maldita tipa de pelo corto había desaparecido. Vio que Jackie estaba siendo conducida hacia la puerta por el soldado alto y su amigo. ¿Dónde diablos estaba Blanca? Maritza los siguió afuera y encontró a su pequeña amiga en el asiento trasero de un Cadillac marrón.

"Solo la vamos a llevar a casa," simplemente siendo caballeros, naturalmente. Maritza decidió que también quería que la llevaran a casa. Eran hermanas, dijo. Se unió a su nueva hermana en el asiento trasero del Cadillac marrón.

Después de cuarenta y cinco minutos, Maritza sintió una sacudida. Era como si se hubiera estado ahogando y finalmente pudiera jalar aire. No iban de camino a su casa. Su hogar estaba a treinta minutos más atrás. Ella estaba sola en este auto. Jackie estaba drogada. Blanca se había ido. Su bolso solo llevaba su sombra de ojos azul, pintalabios carmesí, un pañuelo de papel usado y una caja de hojalata de Altoids. Ella no conocía a estos dos hombres en el asiento delantero. Tenía que ir a la iglesia por la mañana. Probablemente moriría esta noche. Maritza agarró lentamente el bolso negro de su hermana. Dentro encontró un paquete de cigarrillos, un condón, un espejo compacto y su única esperanza. Una sola moneda de un peso. Un teléfono público perdido pasó zumbando junto a ellos. Estaban en medio de la nada.

Maritza se le olvidó que ella también llevaba algo más. La voz poderosa de su madre. El infame espíritu molesto que siempre la había fastidiado, pero que corría pesadamente por la sangre en sus venas.

"Tengo que orinar."

"Casi llegamos, mi amor."

"TENGO QUE ORINAR. Déjame salir de este carro o me mearé en tus malditos asientos de gamuza."

"Maldita loca."

Al costado de la carretera, en la quieta oscuridad, ahora estaba verdaderamente sola, acompañada solo por el peso muerto del cuerpo de Jackie sobre los hombros, y al menos a media milla del teléfono público. En el futuro recordaría la noche de su decimoctavo cumpleaños compartido y se preguntaría cómo diablos luchó contra el dolor en sus huesos y sobrevivió.

Al llegar a la tierra prometida, se dio cuenta de que sólo sabía un número de memoria. Una maldición escapó de su aliento.

". . . ¿Mamá?"

"Habla Franklyn. ¿Maritza? ¿Dónde estás?"

"Oh, gracias a Dios."

"Mierda, creo que escucho a Tía y Tío levantarse. Pero puedo decirles que era un número incorrecto. ¿Estás bien, prima?"

Maritza sintió que le temblaba la voz. Tomó una respiración inestable.

"No . . . está bien . . . Pónmela."

VII.
Bárbaro

Temprano en la mañana del veintitrés de febrero, todos los habitantes de la Avenida Eduardo Conde fueron despertados por el ruido de una Ford F-150 roja adornada con una bandera puertorriqueña en la ventana trasera. De vez en cuando, el hombre que conducía el camión tocaba la bocina a to' lo que da–sin fin. No era una cosa rara. De hecho, era lo contrario de raro. Era familiar y confiable. Tan confiable como ver a turistas gringos borrachos saliendo de cada rincón de San Juan en cada vacaciones de primavera.

ESTE DOMINGO, PUERTO RICO CELEBRA LA
UNIDAD CARIBEÑA CON LA TERCERA PARADA

DOMINICANA. TE ESPERAMOS EN LA AVENIDA
PONCE DE LEÓN EN SAN JUAN.

La voz del locutor de radio repitió el mensaje
una y otra vez desde los altavoces del camión. Fue
la sirena que llamó a cada tía de su calle a Rita
Salón esa mañana para transformarse en alguien
completamente diferente para el Desfile del Día
Dominicano. La mismísima Rita, estaba a la mitad
de su propia transformación, con cinco mini rolos
colgando sueltos en su cabello y solo una mano de
uñas pintadas de rojo.

"¡Yoanson Joel DeLeón-Belén! ¡Me escuchas
llamándote!" la voz de Rita resonó por todo el salón. A
pesar de que históricamente fue golpeado o regañado
cuando escuchó hablar su segundo nombre, Yoanson
cerró la consola Game Boy Advance que estaba
iluminando su rostro en el oscuro baño del personal. Se
guardó el aparato en el bolsillo y abrió la torcida puerta
rosada que tenía delante. "¡Yoanson!"

Su madre ya estaba impaciente. Caminó detrás
de ella, esquivando nubes de calor y el pútrido olor a

cabello quemado. Apenas había espacio para que él se moviera. Yoanson estudió a su madre, cuyas manos estaban enrolladas en el mechón rojo de la señora Judy. Los mini rolo en su propio cabello estaban pendiendo de un hilo. Era una mujer que siempre estaba esperando para soltarse el pelo, esperando un evento, una cita o alguien que valiera la pena. Yoanson no entendía por qué pasaba horas cada semana sentada en un infierno solo para cubrirse el cabello al día siguiente. Como si estuviera ahorrando hasta la última gota de su belleza para el día en que finalmente la necesitara. "¡Yoanson!"

Él niño volteó los ojos, viéndola mirar a todas partes EXCEPTO en su dirección.

"Estoy aquí."

Rita dio un brinco como si hubiera visto a un pequeño fantasma.

"¿Papito, cuántas veces te he dicho que te bañes y que te prepares? Mira . . ." Agarró los hombros de Yoanson con brusquedad y los giró. "Pareces un brujo. ¿Qué es esto?" Tiró del cabello que estaba rígido por encima de su cabeza. Su hermana adolescente, Emely, ahogó una risa debajo de un secador. Él le sacó la lengua.

"No tengo tiempo para esto. Ve a ponerte los tenis. José está afuera esperándote." Ella lo ahuyentó con la mano libre. Yoanson giró lentamente la cabeza hacia las puertas de vidrio en el frente del salón. Un extranjero súper largo estaba detrás de la ventana, fumando un cigarrillo junto a una bicicleta oxidada. Lo dijo como si no fuera nada. *José está afuera.*

"Qué lo qué, 'manito? Te estás poniendo grande, ¿eh?" José golpeó suavemente su puño contra la mandíbula de Yoanson. Sabía que las palabras eran falsas: no había crecido ni un centímetro en al menos dos años (no importa cuánto lo intentara). Yoanson miró a su hermano con recelo. En sus diez años de existencia, podía contar con sus manos la cantidad de veces que recordaba haber visto a José en persona. Una vez le preguntó a su hermana mayor, Hennessy, por qué su hermano no vivía con ellos. Ella le había dicho que José tenía una familia propia en Bayamón y que se había mudado allí cuando Yoanson era pequeño. Y ya. Su miedo a hacer preguntas estúpidas le impidió hacer más. Cuando tenía seis años, Yoanson recordó que alguien le dio una foto de una niña sosteniendo a un bebé y le dijo que esos eran sus sobrinos.

Pero Yoanson aún no tenía el vocabulario para soportar el peso de la palabra *tío*.

"¿Qué haces aquí?"

José señaló la bandera roja, blanca y azul que colgaba fuera del salón de su madre.

"Soy dominicano y orgulloso, ¿sabes?"

"No estabas tan orgulloso el año pasado." Yoanson se cruzó de brazos. José se rio entre dientes.

"Supongo que estaba ocupado."

Yoanson se preguntó por la vida secreta de su hermano. En todas las formas que encontró para estirar los límites ilimitados de su libertad. Tenía toda la isla para explorar y volver a casa en cualquier momento que quisiera. Todo el tiempo, dejando atrás a Yoanson, solo e indefenso frente a una tribu de mujeres.

"Esta bien, Yo-Yo, voy a ser honesto contigo. Mamá quiere que te lleve al barbero," dijo José. Yoanson no podía imaginarse a su madre pidiéndole nada a José. Casi nunca la había visto hablar con él por teléfono. Quizás una de sus hermanas se lo había pedido. Seguían intentando cortarle el pelo o alisarlo, pero él no dejaba que nadie lo tocara. Yoanson pensó en regresar al salón abarrotado y continuar su juego de Sonic. "Hay un lugar al final de la calle por allá donde yo iba antes."

José pasó la pierna por encima de la bicicleta y le dio unas palmaditas en el asiento con la mano. "Vámono'."

Yoanson suspiró más profundamente de lo que debería haber hecho un niño de diez años antes de subirse y agarrar el cuadro de la bicicleta con los dedos. Cuando llegaron a su destino, estaba seguro de que su cabello se había duplicado. Lo sintió moverse libremente por el aire a su alrededor.

El letrero pintado a mano encima de ellos decía "Tony's Barber Shop," y una foto de David Ortiz con un corte que parecía de ese mismo día estaba pegada a la ventana. Era un escaparate familiar por el que pasaba Yoan cada vez que caminaba hacia el supermercado dos cuadras más adelante.

"¿Nunca has estado aquí antes?" preguntó José, mientras bajaba a su hermano de la bicicleta. Yoanson hubiera preferido desmontarse solo.

"No," respondió con brusquedad. "Mami me corta el pelo en el salón."

Yoanson se sorprendió de inmediato porque sabía que había sonado como un baby. Deseó haber sido capaz

de inventar un embuste. Habían pasado años desde
que incluso su madre le había cortado el pelo. Nunca
antes había tenido el menor deseo de cortarse el pelo
en cualquier lugar. Casi nunca quería cortarse el pelo.
Había pasado todo este tiempo dejándolo crecer, ¿por qué
simplemente se desharía de él?

"Mmm . . ." José extendió su mano hacia la cabeza
de Yoan, pero fue bloqueado rápidamente por el brazo
pequeño de Yoanson. Hizo una pausa por un segundo
antes de rodear la espalda de Yoanson y empujarlo a
través de la puerta, donde sonaba una campanilla.

"¿Qué lo qué, mi gente?" La voz retumbante de
José rebotó en la silla de barbero más lejana y entre las
paredes, donde un lado estaba cubierto con recuerdos de
los Boston Red Sox y varias banderas dominicanas, y el
otro tenía imágenes de santos de piel morena y rosarios
multicolores. Tres de los cuatro barberos que trabajaban
saludaron a José con un movimiento de cabeza, pero lo
miraron con ojos curiosos. El otro, vestido con un corte
completamente negro con el nombre *Tony* bordado en su
camisa de gran tamaño, dejó caer sus tijeras y se acercó
a ellos. El cabello del hombre estaba en dos trenzas para

atrás y afeitado en los lados. Una cadena de oro le colgaba alrededor del cuello. Sus ojos se iluminaron mientras examinaba a José de arriba abajo.

"¡Vuelve el hijo pródigo! Diablo, brother, ¡no te he visto en años!"

Los dos hombres se abrazaron. Se preguntaron por las familias, los hijos, el trabajo y las esposas, como están obligados a hacer los extraños que alguna vez fueron amigos. Yoanson se apartó de su conversación mientras examinaba su entorno. Había una fila de cinco hombres esperando en sillas de plástico, viendo las noticias en la televisión encima de ellos. Iban desde un adolescente, hasta un anciano con tinte rojo que goteaba de lo que quedaba de su cabello. Además de la ausencia del particular olor a cabello quemado, Yoan pudo ver lo inquietantemente similar era este lugar al salón de su madre. Fue como entrar en un universo alternativo. En su periférico, Yoan podía ver y escuchar a su hermano reír con Tony. En un minuto, Tony le quitó la capa larga y negra a su cliente y se la puso a su hermano.

"Yo-Yo, siéntate bien. Tony te va atender de una vez. Es el único hombre en San Juan que dejo que se acerque a mi cabeza." José le chocó el puño a Tony al decir esto. "Hámelo, uno, tre' y media. Y alínea mi barba un chin nada má."

Yoanson no estaba seguro de dónde debía estar su propio cuerpo. Todas las sillas cerca de la puerta estaban ocupadas. Ninguno de los hombres lo miró a los ojos ni le ofreció asiento. Si supiera dónde estaba el baño, le hubiera encantado esconderse allí. Estaba a punto de sentarse en el suelo cuando Tony se le acercó.

"¿Eres el hermano de Belén? Ven, hay un lugar libre aquí." El hombre señaló la silla de cuero en la estación vacía al lado de su hermano. Tan pronto como se subió a la silla, Yoan sacó el Game Boy de su bolsillo e inmediatamente reanudó la recolección de anillos de Sonic mientras los hombres hablaban en círculos a su alrededor.

* * *

"Romy, relájate con ese celular, man. Te digo, el gobierno está escuchando to' por esa mierda," le dijo Tony al peluquero que enviaba un mensaje de texto detrás de él.

"Tú 'ta loco, man. Te pasaste con esa vaina," se quejó Romy, con la cabeza todavía en el teléfono.

"Ahora, va a empezar a hablar de gremlins que le roban su mierda de nuevo. Tiene que dejar de fumar to'a esa droga," intervino otro barbero. Tony negó con la cabeza.

"Mira, es por eso que no hablo con ustedes. Ustedes nunca quieren hablar de liberación. Estoy tratando de contarle a my friend sobre la opresión sistémica bajo una sociedad capitalista y anti-negra, y él escucha 'gremlins.' Actúan como si no supieran que los extraterrestres son reales. Sabes que yo tengo razón, por eso estás quillao. Ni siquiera lo quieres admitir. Llamándome dique loco A MI . . . 'ta bien." Besó sus labios y miró a José. "Era hablando de los biembienes. ¿Has oído hablar de esa mierda? Los monstruos que parecen monos en el campo que vienen y se roban niños."

"Sí, lo he oído. Cosas de muchacho'," José inclinó la cabeza hacia abajo mientras Tony trabajaba en su corte.

"Bien, escúchame un chin y déjame saber si dique yo 'toy loco. ¿Tú sabes de dónde vienen, verdad? De donde viene todo: los esclavos. Mira, son esclavos y dique indios que huyeron y se escondieron en las montañas y se convirtieron en bestias. Se convirtieron en animales literales. Pa' venir y comerse a tus hijos. Dime que ese cuento no es racista."

"No sé man, tú como que sí suenas un poco loco," ahora José reía, junto con el resto de la barbería. Algunos hombres decían con la cabeza que estaban de acuerdo, mientras que otros volteaban los ojos.

"¿Estás diciendo que mi abuela, negra como la noche, era racista porque contaba cuentos de hadas?" Romy gritó.

"No estás escuchando." Tony se llevó un dedo a la sien, sin perder de vista el cráneo de José.

"Dime de nuevo, entonces, cómo mi país es malo y racista y odia a las mujeres y nunca ha hecho nada bueno. Después ahorita te veo con la bandera más grande en el desfile, ¿no es así?"

"Tú no me estás escuchando," repitió.

"¡Dímelo, entonce'! Solo quieres seguir hablando mal de los dominicanos."

"Chacho, sabes que yo tampoco ando besándole su culo colonialista a los gringos, ni comiences. ¿Pero quieres hablar de cuentos de hadas? No todos son cuentos de hadas, una parte de esa mierda es real. Y debes saber que los cuentos de hadas, las leyendas, las cosas que enseñamos a los niños, esas cosas muestran nuestros valores como sociedad." Tony miró ahora a toda la gente, como si estuviera dando un discurso de campaña.

"Está bien, profesor, ¿qué nos muestra Cenicienta sobre la sociedad?"

"Pshhh, pero eso es fácil. Sexismo y clasismo. Mmmm . . . más dominicana qu'el diablo. Dame otro."

Toda la barbería estalló en carcajadas y los hombres de las sillas de espera hablaban unos encima de otros. Un hombre gritó desde su silla.

"¡Las sirenas!"

"Sexismo de nuevo. ¿Las mujeres son malvadas y atraen a los pescadores a la muerte con su apariencia? ¿Y es en serio?"

Otro hombre gritó por encima del alboroto.

"El comegente."

"La leyenda del asesino en serie. Te apuesto quinientos dólares dique que era un hombre negro, ¿no? Creo que lo era. Racismo, como siempre."

"Mi abuelo dijo que fue negro, sí. Y Haitiano."

El viejo había hablado desde la fila de espera, sentado

detrás de su periódico. Tony apuntó con sus tijeras al anciano en agradecimiento.

"¿Qué te dije? Por supuesto que era haitiano. Una maldita vergüenza."

"Lo que es una vergüenza es que los haitianos se apoderen de la isla y nos roben nuestros trabajos," murmuró Romy a su cliente. Tony se dio la vuelta y le lanzó a Romy una mirada de desaprobación.

"Dímelo, Romy, ¿qué crees que piensan los puertorriqueños de que andes con dinero en los bolsillos en *su* isla? Te dije que dejaras de hablar esa mierda nacionalista," dijo Tony.

Yoanson casi había terminado con otro nivel de Sonic antes de que su aparato se descargara. Cerró de golpe la pantalla negra y maldijo al techo, apenas capaz para escuchar sus propios pensamientos con esa la bulla. Los hombres en las sillas de espera estaban hablando entre sí, discutiendo sobre cosas políticas que a él no le interesaban. Bien podrían haber estado hablando en otro idioma.

"Estoy cansado de ti, comunista e' la mierda. No sé cómo puedes estar hablando con ese poloché tan largo.

El tipo parece que tiene puesto un vestido," dijo Romy, chocando cinco con el agradable peluquero que estaba a su lado. Yoan notó que el hombre sentado en la silla de Romy era casi irreconocible del hombre que había visto cuando llegaron. Su barba estaba recortada con una precisión nítida, como si se la hubiera dibujado un artista.

"Y yo no sé cómo puedes hablar con esas caderazas," respondió Tony. Los otros barberos casi se derrumban ante eso. Un peluquero dejó escapar un dramático "¡JA!" en el rostro avergonzado de Romy. Yoan sintió como si estuviera viendo un acto de circo. No pudo evitar esbozar una sonrisa también. Tony dramáticamente hizo girar la capa de José, revelando su trabajo terminado. "Tu turno, hombrecito."

José se levantó de su silla y se pasó las manos por el cuero cabelludo. También se pasó las palmas de las manos por la mandíbula mientras se miraba a sí mismo en la pared espejada. Dejó escapar un pitido, complacido. Tan pronto como Yoanson se sentó en el lugar de su hermano, sintió que una oleada de nervios se apoderaba de él. Había un foco en la silla de Tony. Él estaba en el centro de donde giraba toda la atención, y donde sentía el calor de una docena de ojos sobre él. Recordó haberse sentido de manera similar el invierno pasado cuando tuvo que dar un discurso en su clase de inglés.

"¿Qué queremos entonces?" Tony le habló a Yoan a través del espejo frente a ellos. Yoanson se quedó en silencio, tratando de encontrar una respuesta adecuada.

"¿Algo como tu hermano, tal vez? ¿O uno de estos? Tu solo me dejas saber." Señaló una serie de fotos con variaciones de peinados cortos y líneas nítidas. Yoan no podía imaginarse con ninguno de ellos.

"Recórtalo como yo y ya," intervino José, sin romper el contacto visual consigo mismo. "¡Pero ya tu sabe! ¡Te vas a conseguir a todas las mujeres, como tu hermano, Yo-Yo!"

Tony se inclinó y habló en voz baja por encima del hombro de Yoanson.

"¿Eso es lo que quieres?" preguntó. Yoanson sacudió la cabeza. *No.* Tony pasó sus manos por el cabello de Yoanson, inspeccionándolo. "Bueno, sea lo que sea, tenemos que lavar esto primero. Sígueme."

Cuando regresaron a la silla, Tony peinó el cabello mojado un par de veces más, trabajando en silencio mientras el audio de las noticias llenaba el local. Bombeó un líquido misterioso en sus manos y lo pasó a través de los tensos rizos ensortijado de Yoan. Le pasó un peine más pequeño por el cabello, esta vez deteniéndose a media pulgada de las puntas.

"¿Ves tus puntas, aquí? Están partidas y dañadas, así que voy a recortar desde aquí, ¿de acuerdo?"

Yoan movió la cabeza con aprobación.

Inmediatamente sintió que el peso sobre su cabeza se encogía poco a poco. Justo cuando Tony estaba terminando, José desvió la mirada del televisor. Las protestas comenzaron cuando Tony dejó las tijeras.

"Espera, espera, espera. Córtale más todavía están muy largos," dijo el hermano de Yoan, jalando un rizo. Quería que se fuera todo.

"No quiere contárselo, le pregunté." Tony se encogió de hombros en respuesta.

"Él tampoco quiere comer verduras, pero a veces simplemente tienes que obligarlos, ¿no?" su hermano respondió con risa en su voz. Pero Tony era una pared de ladrillos, una pared que Yoanson miró con asombro.

"Mira, si él no quiere contárselo, yo no le voy a cortar más. Nos inventamos otra cosa. Mientras tanto, coge esto"—se sacó un billete doblado del bolsillo y colocó en la mano de José—"y ve a buscar dos cervezas en el negocio de al lado. ¿Okey? Cálmate con takeiteasy. Ya, ta tó," dijo, palmeando a José en el hombro.

José se quedó en shock por un momento. Sus ojos pasaron entre Yoanson y el barbero que se elevaba media pulgada por encima de él. José bajó la voz y miró fijamente a su viejo amigo.

"Mami me va a matar si lo traigo de vuelta con esa greña," suplicó.

"Suena como problema de ella. Que ni siquiera se preocupe por pagar, esto va por la casa. Y relájate, bro," dijo Tony con una sonrisa, guiando a José hacia la puerta. Finalmente, José obedeció, dejando atrás la barbería. Yoan estaba asombrado. Era como una especie de magia.

Tony juntó las manos y volvió a centrar su atención en su cliente.

"Somos usted y yo, señor Belén."

Los ojos de Yoanson se iluminaron. Sus nervios se

habían disipado en el aire, dejando su atención enfocada en la imagen frente a él, deseando que se convirtiera en algo que se sintiera . . . correcto. Buscando pistas sobre lo que se suponía que debía convertirse.

Tony continuó.

"¿Dime, qué opinas de unas trenzas?"

VIII.
Piedras Saltarinas

Algún día deberíamos ir de viaje juntas. ¿Por qué nunca vienes a visitarme en New York?" Ana hundió los dedos en la arena fina. Zahaira se rio a su lado.

"¡Imagínate! Tu acento puede engañar a la gente, pero realmente eres gringa, mi amor," Zahaira se acostó boca arriba con las manos detrás de la cabeza. Lss Ray-Ban que Ana le había prestado le quedaban realmente bien. Ana ya había decidido dejárselas.

"¿Viajar me hace gringa?" preguntó Ana.

"Eso y el cabello azul y el traje blanco," sonrió Zahaira. Habían pasado toda la mañana preparando el funeral y ella no había mencionado el nuevo look de Ana hasta ahora. Ana se volteó y arqueó las cejas, preguntándose si debería haber venido a ver la puesta de sol sola.

"Relájate, loca. ¡Estoy bromeando, te ves bien! Como un príncipe." Zahaira la miró y dejó que las gafas le cayeran hasta la punta de la nariz.

Ana apartó los ojos de la mirada suave de la joven y se volvió hacia el océano que giraba suavemente. Aplastó los mosquitos que estaban haciendo una cena de sus tobillos y tomó un trago de la botella de Presidente a su lado. Era la primera vez que probaba alcohol desde que aterrizó. Sabía a casa. Le ofreció la botella a Zahaira, aunque sabía que su amiga no bebía.

"Creo que deberíamos ir a Grecia o Tailandia. Conozco a una chica de la escuela que se fue a Tailandia y volvió como una perra totalmente mente nueva. Se cortó todo el pelo y empezó a meditar e ir a yoga todos los días y a coleccionar cristales y mierda. Creo que quiero eso. Un cuerpo completamente nuevo."

"¿Por eso te cortaste el pelo?" Zahaira no pudo evitarlo. ¿Ana pensaba que podría entrar en un pueblito como Hidalpa con esa pinta y que nadie iba a hacer bromas?

"Ahora me da como que tienes un problema o algo."

Ana abrazó sus rodillas contra su pecho, molesta.

Zahaira suspiró. Se sentó y lentamente deslizó su mano por la nuca de Ana. Los lados estaban rapados y arriba tenía sus característicos rizos. Zahaira tenía su cabello envuelto en un pañuelo de seda, pero después de un viaje al salón, le daba por el ombligo. Lo había dejado crecer toda su vida, bueno, su madre lo había hecho. Mientras se envolvía un rizo azul alrededor del dedo índice, Zahaira se preguntó cómo sería no sentir el peso extra en su cabeza. Retiró su mano rápidamente, sintiéndose mal repentinamente. A Ana parecía que le estaban pasando mariposas por el cráneo.

Habían pasado casi tres años desde la última visita de Ana. Las cosas entre ellas se sentían diferentes. Estancadas. Eran casi extrañas, y cada una se preguntaba cuánto recordaba la otra del pasado. Zahaira supuso que las emociones tristes del fallecimiento del abuelo de Ana seguramente ayudaban, pero tampoco ayudaba que ella apareciera . . . como estaba. También notó la distancia entre Ana y la familia Belén. Ana y su hermana,

Cristabel, se habían sentado dos filas detrás del resto durante el servicio de la iglesia.

"No puedo ir a Grecia, Tailandia o Nueva York, o Guadalajara. Casi nunca he estado fuera de Hidalpa," dijo Zahaira en un tono más suave, que era el volumen normal de la mayoría de la gente.

"No quieres irte?"

"Pero claro, todos los días," Zahaira negó con la cabeza. Luego se rio de nuevo. "Sabes cuánto tiempo ha esperado mi hermano por una visa para visitar a nuestro tío en Miami? Cinco años. Y todavía nada. No todos tenemos el lujo de un pasaporte azul."

"Mierda. Sorry. Yo no . . ." Ana se volvió para mirarla tímidamente.

"Para, para, para. Esta bien. No importa. Además, tengo que cuidar de Mami y ¿quién tiene dinero pa 'eso? Si tengo que estar atrapada en cualquier lugar, mejor que sea en el barrio más bonito del país, más bonito del mundo." Zahaira dijo esto con la misma sonrisa que tenía cuando de niña le pedía a la señora del pica-pollo las sobras de comida. Las mismas mejillas con holluelos en las que Ana incesantemente clavaba sus dedos.

Constantemente se maravillaba de la capacidad de su amiga para sonreír en casi cualquier situación mala.

El horizonte se estaba tornando rosado.

"De todos modos, fea, si estuviéramos en Nueva York, ¿tendrían estos?" Zahaira metió la mano en el bolsillo de sus pantalones cortos y sacó una pequeña rama con tres bolas de fruta verde.

Los ojos de Ana se iluminaron de inmediato.

"¡Limoncillos! ¡Uf, no los he comido desde hace mucho tiempo! Cuando era niña, me gustaba sentarme junto al árbol de Abuela y comer muchísimos de estos. ¡Son mis favoritos!" Ana jadeó y tomó un limoncillo de la rama.

"Lo sé," dijo Zahaira.

* * *

Aunque Ana era la más joven de todas las Belén americanas, era la única de sus hermanas que hablaba español con sus padres; al menos, cuando se hablaban. Por supuesto, cometía errores todo el tiempo, mezclando cien y mil y millones entre sí y refiriéndose a un microondas por el género equivocado. Pero el género era una construcción de todos modos, así que no le importaba. Se adelantaba a sus propias oraciones. Se reía de su propia lengua terca. Ana pensó que nunca había sabido cómo mantener la boca cerrada antes, ¿por qué dejaría que un idioma la detuviera ahora?

También fue la única que siguió aceptando las ofertas de sus padres para pagar sus boletos de avión a República Dominicana. Cada seis meses, más o menos, su padre les preguntaba a las niñas si querían visitar a sus abuelos en Hidalpa. Ana nunca dijo que no.

En un momento, sus hermanas mayores se sentaron con ella, después de una cena, para pedirle que dejara de malgastar su dinero cuando sus padres luchaban por pagar la hipoteca. Ella no escuchó. Cuando ella rogaba por una muñeca American Girl cuando era niña, sus padres la alejaban de los escaparates y recogían una muñeca de la tienda de 99 centavos de camino a casa. Pero el dinero no era un problema para un viaje a la isla. Sabía que por muy pobres que fueran, desempleado o no, Papi encontraría el dinero para los billetes de avión y lo haría con mucho gusto. Los boletos podrían haber costado un millón de dólares y probablemente pediría un préstamo para pagarlo con una sonrisa. Y Ana no pudo evitarlo.

En un viaje con su padre, Ana tenía la misión de encontrar uvas en el mercado callejero de Hidalpa cuando una pelota de béisbol del tamaño de su cabeza la golpeó en la espalda. Ella debía de tener cinco o seis años, todavía aferrada a la órbita de su abuela, que estaba ocupada hablando con un vendedor de lechosas a diez pies de distancia.

Recordó que llevaba el vestido amarillo que le había puesto su abuela y que lo odiaba más que a nada. Las costuras tiraban de sus brazos gorditos y el tul era como alambre de púas en sus muslos. Era un vestido que estorbaba. ¿Cómo se suponía que iba a correr con esta cosa aleteando por todas partes y el lazo arrastrándose detrás de ella? Entonces Ana fue golpeada y conoció a Zahaira, una cosita que era casi puro hueso y con piel de color canela oscuro que vestía overalls.

"'Ta lindo, tu vestido," dijo la niña mientras tiraba de la cinta en la cintura de Ana. Y de repente, Ana tenía una amiga para ayudarla ese día a cubrir de tierra el vestido amarillo.

* * *

"¿Crees que se amaban?" Ana preguntó antes de escupir la semilla de su último limoncillo. Había jugo goteando por su barbilla.

"¿Quién?" Zahaira volteó los ojos. Odiaba cuando empezaban a hablar con sinceridad.

"Mis abuelos. Es un poco extraño que probablemente hayas pasado más tiempo con ellos que yo." Ana tuvo que recordarse así misma que no debía sentirse culpable por cosas que no podía controlar.

"No sé. No creo que pensaban así del amor. Creo que él necesitaba que ella lo cuidara. Y en cierto modo, ella también necesitaba tu abuelo." Zahaira tiró sobre la arena la rama de limoncillo. "Y no creo que importe cuánto tiempo pasaron juntos. Estoy segura de que te amaban a ti y a tus hermanas." A Ana le encantaba cuando su amiga dejaba caer su muro de payasadas. Pero no estaba segura de estar de acuerdo con el sentimiento.

"No creo que todavía me quieran. No de la misma manera." Ana dirigió su atención hacia el océano. Eran las palabras en las que había pensado muchas veces mientras estaba borracha, pero nunca las había dicho en voz alta.

"No digas eso." Zahaira examinó a la muchacha. Algo en Ana realmente le aterrorizaba, y no era solo el cabello o los nuevos tatuajes que salían de su cuello y muñecas.

"... ¿Es verdad que vives sola, sin tus padres?"

Ana mantuvo los ojos al frente.

"No sé. ¿Es eso lo que dicen las viejitas de la iglesia?"

Ana se levantó de la arena con los restos de su cerveza y se dirigió a la orilla, en busca de la piedra perfecta. Encontró una suave y gris y la hizo saltar sobre el agua. Zahaira siguió su ejemplo al lado de Ana y arrojó la suya.

* * *

La primera vez que Ana se encontró sola en la puerta de llegadas del Aeropuerto Internacional de Las Américas, tenía dieciséis años y todavía buscaba expectante un rostro familiar entre la masa de gente emocionada que la rodeaba. Mantuvo su expresión relativamente serena cuando se dio cuenta de que estaba más sola de lo que nunca había estado. Pero a cualquier secuestrador de tráfico sexual al estilo de las películas, Ana no era una turista. Fue un verano incendio en el que sus padres comenzaron nuevos trabajos y sus hermanas estaban llenas de novios devoradores. Ana descubrió que no tenía nada y nadie, aparte de un trabajo de mierda con salario mínimo en Burger Shack y la casa azul pálido con la camioneta Ford F-150 roja de 1989 en Hidalpa, que eran su herencia y patrimonio. Así que, se fue sin boleto de regreso.

Dividía su tiempo entre las comidas en la casa azul y los videojuegos en la casa de Zahaira. Después de ganar diez carreras de *Mario Kart*, Zahaira le hizo prometer a Ana que aprendería a conducir para finalmente ser una oponente digna.

Durante toda su vida, lo que Ana había querido más que nada era sentarse en el asiento delantero de la camioneta de su abuelo y volar sobre la arena fina de la playa. Sus padres en casa eran inútiles, casi nunca necesitaban un coche en Nueva York. Con su Tío Christian como maestro en Hidalpa, estaría en el camino de conducir, pero tal vez no antes de los treinta. Y Zahaira fue solo un poco mejor maestra (al menos, hablaba un poco más fuerte).

"¿Realmente tenías que llevarme a una montaña para darme lecciones de manejo? Esto parece un nivel diez y yo estoy más cómo en un nivel dos," se quejó Ana. Sintió que el motor temblaba debajo de ella cada vez que pasaban por encima de una piedrecita. Se sentía como si estuviera en una vieja montaña rusa. La montaña apenas estaba asfaltada, y si miraba a su derecha durante suficiente tiempo, podía ver el acantilado desnudo y sin varandas del que fácilmente se imaginaba cayéndo.

"Oye, si puedes manejar aquí, puedes manejar en cualquier parte. ¡Cuidado! ¡Coño!" Zahaira señaló un hoyo delante de ellas justo antes de ser golpeadas contra el techo del auto. Ana todavía estaba averiguando la mecánica del frenado.

"Oops."

No habían visto nada más que cabras y caballos realengos por millas.

"¿No deberíamos regresar pronto?" preguntó Ana.

"¿O estás planeando asesinarme aquí?"

Los grillos y las ranas habían comenzado a agitar su sinfonía nocturna.

"Casi estamos llegando."

El vehículo dobló una esquina hacia un mirador que tenía una baranda de mármol alrededor. Podían ver varios pueblos más abajo y la formación de tierra curva que abraza la costa. Ana estacionó abruptamente la camioneta de costado, cerca de una manada de motocicletas. Podía escuchar el merengue haciéndose más fuerte mientras salía y corría alegremente hacia el borde. Zahaira la siguió, satisfecha de sí misma.

Había muchachas a horcajadas sobre las motocicletas. Vasos de plástico con un líquido ambarino y brillante aparecían de una fuente desconocida. El sol se desvaneció y un círculo se despejó para bailar. Ana se encaramó a la barandilla de mármol, dando golpecitos con el pie al ritmo. Zahaira se inclinó hacia delante junto a ella. El aire fresco de la montaña era delicioso.

Estaban en medio de una falsa discusión sobre qué personaje era el mejor para jugar a Mario Kart cuando Ana notó por primera vez al hombre con el machete. Estaba molestando a otro grupo de chicas por algo,

claramente borracho. Era un borracho alegre, que de
vez en cuando se deslizaba hacia un baile, aunque la
forma distraída con la que sostenía el machete, como un
cigarrillo suelto, hizo que Ana le tensara la mandíbula.
Zahaira le estaba dando la espalda al hombre. Ana había
visto cosas mucho peores en el metro, pero su intuición
le dijo que se pusiera de pie después de verlo mirando el
generoso trasero de su amiga.

Apenas había comenzado a acercarse, con las manos
ambiciosamente extendidas, cuando ella lo detuvo.

"Vete pa 'otro la'o, viejito," siseó Ana, interponiéndose
desafiante entre el hombre y Zahaira. Sus pequeñas
manos estaban apretadas en puños.

Zahaira se dio la vuelta con incredulidad. Puso una
mano sobre el hombro inmóvil de Ana. Luego, saludó al
hombre gentilmente y le preguntó si estaba buscando
algo. El hombre arrastraba las palabras, raspando el suelo
con su machete descuidadamente. Ana creyó oírlo pedir
un sorbo de su cerveza y estuvo a segundos de arrojarle la
botella a la cabeza. La mano de Zahaira suplicó a Ana que
regresara. Su amiga sacó un par de billetes de su bolsillo y
señaló al hombre en la dirección de una mujer que vendía

cervezas de una hielera. El hombre se dio la vuelta y aterrorizó a otro grupo en su camino hacia la nevera.

Los hombros de Zahaira liberaron su tensión. Agarró los brazos de Ana, llevándolas de regreso a la camioneta.

"Eso fue estúpido. No vuelvas a hacer eso nunca más," advirtió Zahaira. "No eres mi novio."

Eso era lo último que Ana recordaría que le dijera su amiga cuando intentaba quedarse dormida el sofá de su hermana años después. Después de afeitarse la cabeza y perder la beca para la Universidad de Nueva York, los boletos de avión patrocinados por su padre llegaron a su fin. Y en su lugar estaba un océano entre ellas. Era un océano sobre el que Ana sólo podía flotar en paz, en lugar de sumergirse en aguas profundas y turbias. Así era como le gustaba.

* * *

Las dos chicas se quedaron en silencio, mirando la espuma de mar deslizarse por los dedos de suss pies. El cielo cambiaba su gradiente cada milisegundo. Ana pensó en una historia que recordaba haber leído en la escuela secundaria sobre una mujer que caminó hacia el océano porque no estaba contenta con su esposo e hijos. Pensó en la perseverancia necesaria para seguir caminando cada vez más profundo contra el peso del océano y la incertidumbre que se avecinaba. El paisaje frente a ella no parecía más real que un mundo sin el arroz de su abuela esperándola en casa. Decidió que prefería irse como su abuelo: dormida. Quizás sin el Alzheimer y el dolor de pecho. Era raro que pasara tanto tiempo sin soltar sus pensamientos divagantes sobre la víctima más cercana.

"¿Debería estar preocupada? ¿O es solo tu estupidez habitual?" Zahaira ofreció trepidadamente. Para su alivio, Ana sonrió.

"Estupidez habitual. Pensando en una historia que leí."

"Eh. No sabía que los que abandonaban la universidad supieran leer."

"Te odio." Ana pateó la pierna de Zahaira. Su amiga se reía histéricamente de su propio chiste. "Ni siquiera eres tan cómica. Maleducada."

"Nunca podrías odiarme, me amas."

"¿Sabes que? Estás bien."

Zahaira dejó de reír cuando Ana la miró. Ana extendió la mano, le quitó las gafas de sol de la cara a Zahaira y se las puso en la camiseta. La luz del sol que se desvanecía brillaba en la piel de Zahaira como una rosa de terciopelo. Ana tuvo que recordarse a sí misma que debía respirar.

"Ana . . ."

"Zahaira . . ." Ana susurró, burlándose. Rozó su hombro contra el de Zahaira.

"¿Recuerdas cuando teníamos ocho años y solíamos encontrarnos 'por casualidad' una y otra vez un verano?"

"No," mintió Zahaira. No le gustaba adónde iba esto.

"Bueno, yo lo recuerdo. Recuerdo haber deseado tener tu cabello largo. Y tu cintura." Ana dejó que su dedo índice rozara la mejilla de Zahaira. "Y tus uñas." Zahaira se negó a mirarla a los ojos. Ana tomó la mano derecha de Zahaira y pasó el pulgar por el esmalte de uñas blanco y crujiente que estalló brillantemente contra su piel.

"Mis uñas son tan feas," murmuró Zahaira. Ana negó con la cabeza.

"Odio a la gente que no puede aceptar un cumplido." Tomó la mano de Zahaira como rehén.

"Y yo no soporto a las mentirosas," respondió Zahaira.

"Dijo la mentirosa."

"No me vengas con esa vaina. Nunca miento.
Simplemente no voy a decirle a todo el mundo todos mis
asuntos."

". . . ¿Te refieres a como lo hago yo?"

La mano de Ana se sentía más caliente que el sol.
Zahaira se dejó mirarla, nariz ensanchada. No obtuvo
respuesta. Entonces, Ana siguió.

"¿Yo te gusto?"

"Ana, cuántas veces . . . por supuesto yo—"

"¿Te gusto? ¿Aunque sea un poco? Puedes decirme
aunque sea eso." Ana hizo todo lo posible por mantener
los rastros de crueldad fuera de su voz.

"Me gustas. Eres mi amiga, Ana. Ya hablamos de esto.
No sé lo que quieres escuchar." Ana asintió lentamente.
Miró hacia abajo y entrelazó fuertemente sus dedos con
los de Zahaira, encontrando poca resistencia. Respiró
hondo antes de mirar a los ojos de color marrón oscuro de
su compañera.

"Zahaira Marileidy DeLeón . . . Te amo. Estoy
enamorada de ti. Amo absolutamente todo de ti. Lo

estoy diciendo. Lo estás escuchando. Y no me voy a retractar porque ha sido cierto la mayor parte de mi vida y nunca dejará de serlo. No me importa lo que puedas o no puedas decir." Ana soltó el aire dentro de ella, sintiéndose ya más ligera. Zahaira parpadeó rápidamente para secar las lágrimas en sus ojos. Ya había llorado bastante ese día.

"No puedo hacer esto, Ana."

"¿Por qué no?"

"Eres mi mejor amiga, estúpida. Eso debería ser suficiente razón. Y además . . ." Zahaira reclamó su mano y recogió otra piedra del agua poco profunda que las rodeaba. Se imaginó la casa vacía de los Belén que Ana una vez había llamado su hogar. "Te vas a ir. Siempre te vas." Azotó la roca en dirección al océano, viéndola saltar hacia el crepúsculo. Los últimos zarcillos verdes del sol todavía se aferraban al horizonte.

1, 2, 3, 4, 5 . . .

Ana deslizó una piedra nueva en la mano temblorosa de Zahaira, insistente.

"¿Y si me quedo?"

IX.
La Vida Después de la Tormenta

A la mañana siguiente de que llegara la llamada telefónica de su tío Gabriel, Jorge fue despertado y enviado a la lavandería de la calle 167, donde su madre conseguía un 15% de descuento con su frasco de sofrito casero. Jorge se lamentó y solo pensó en su queja antes de que su madre lo detuviera con su canción de éxito, "Cuando yo tenía tu edad, caminaba por millas—"

Decidió cantar junto con la melodía que ya conocía demasiado bien.

". . . Y millas, y millas. Un montón de millas caminadas todas las mañanas para conseguir agua.

También cargabas un chivo en tu espalda e hiciste un maratón y no te quejaste ni una vez, we get it." Jorge volteó los ojos mientras se levantaba del colchón en el suelo que era su cama. Su madre le jaló la oreja, molesta.

"No seas fre'co. Los delincuentes no llegan a ser gente por estar de fre'cos." Se volvió hacia la cocina mientras él se tapaba la cabeza con la almohada. "E 'te muchacho es un castigo, Jesú'santísimo. No sé qué quiere Dios que haga contigo, Dios mío."

Él se tensó ante la dureza que crecía en la voz de su madre. Después de su retorno a la cocina, Jorge oyó el sonido de dos pailas chocando una contra la otra y una gaveta cerrándose de golpe. Si no era cuidadoso, Mami podría pasar meses sin hablar con él. Le sorprendió que ella le hubiera hablado esa misma mañana. Pero lo cierto era que habían sido la única familia del otro durante los últimos ocho años, y supuso que ella tampoco podía permitirse perderlo. Ni siquiera por esto. Especialmente no en un día en el que esperaban visita.

No era culpa suya. Realmente no. El joseo le resultaba demasiado natural a Jorge, incluso a su corta edad. A menudo sentía que debía ser el único que veía todas las grietas, atajos y códigos para hacer trampa en toda la ciudad. Y con tantas posibilidades lucrativas que no le hacían absolutamente ningún daño a nadie. Excepto quizás a los turistas. Y, sin embargo, aquí estaba: el chivo expiatorio de su propio imperio empresarial, sacado del juego por un maldit soplón. El decano de St. Phillip's Academy tiró al vertedero de basura ocho cajas de los Jordan 8 de edición limitada que estaba moviendo, lo que hizo que sus beneficios financieros del año volviera a cero. Apenas había dejado su cama desde entonces. Hoy se cumplían diez días desde que lo habían expulsado y su madre aún no había encontrado una escuela que lo aceptara. Estaba esperando que ella finalmente aceptara que él pertenecía a los niños de la escuela pública al final de la calle, esos sobre los que ella y sus amigos de la iglesia chismeaban cuando los veían en las noticias cada par de meses.

Jorge se apartó la almohada de la cara. A estas alturas, Mami había encendido la radio y las voces de dominicanos ruidosos que discutían sobre la política de la isla resonaban en su habitación. Si cerraba los ojos y consideraba los suaves cuernos de la música que sonaba en casa de sus vecinos, casi podía sentir una brisa cálida que entraba por la ventana. A veces, Jorge se preguntaba por qué se habían ido.

* * *

La mujer de la lavandería tomó alegremente el sofrito casero y despidió a Jorge con buenos deseos para su madre. Él se preguntó de qué diablos hablaban Mami y Mrs Cho cuando ella pasaba por ahí. Ninguna de los dos habla más que veinte palabras en inglés. Sin embargo, la señora Cho lo miró como si supiera todo sobre su vida.

"Pórtate bien," le dijo. Él se dio cuenta de que también lo decía en serio.

Agarrando una bolsa negra con un zipper que contenía un grueso coat de cuero, Jorge regresó a la calle Prospect. El abrigo había pertenecido a su padre, cuando él y Mami estaban teniendo algo hacía dos años. No duró mucho, pero su padre no tenía espacio en su maleta para un abrigo de invierno, así que lo dejó. Mrs. Cho había logrado quitarle el olor a tabaco Backwoods, lo cual era bueno porque Jorge odiaba el olor de los Backwoods.

Había estado en el fondo de su armario infectando todas las demás chaquetas y bufandas con su olor a humedad. Ahora era como un abrigo nuevo, libre para vivir una nueva vida.

En algún lugar a lo largo de las calles Westchester y la 163, la maldita nieve comenzó a flotar por las calles, provocando a Nueva York con su belleza fugaz. Si Jorge estuviera en la escuela ahora mismo, probablemente estaría en la clase de Biología de Mr. White. Probablemente mirando por la ventana. Probablemente susurrando a sus compañeros de clase sobre lo que iba hacer con el tiempo extra cuando los despacharan temprano. Era ese tipo de nieve por el que cancelaban clases. Del tipo pesado y pegajoso. Le dio una hora o dos, como mucho, antes de que toda la ciudad se cubriera de un aguanieve del color de la orina. Pero antes de que Jorge se diera cuenta, la estúpida nieve lo tenía parado en medio de la calle, mirando el aire a su alrededor. Como un idiota.

Lo primero que notó Jorge fue que el policía era alto, de al menos dos metros y medio, y el cabello pelirrojo sobresalía de su gorro de policía de Nueva York. Era asonbroso que Jorge no lo hubiera visto venir a una milla

de distancia. Al principio no había oído al policía cuando
le preguntó a Jorge cómo se llamaba. La segunda vez que
preguntó, también tocó la bolsa de lavandería, lo que hizo
que Jorge retrocediera y adoptará una postura de lucha.
Idiota.

Ahora el corazón de Jorge estaba en su garganta.
"Calm down, son. ¿Tú hablas ingles? Ha-blah inglés,
¿eh?" Jorge se preguntó por qué los gringos siempre
hablaban más alto a la gente que no hablaba inglés.

". . . Sí. Lo siento, ¿pasa algo, señor?" dijo
finalmente. ¿De dónde diablos salió "señor"? La
mandíbula de Jorge se tensó junto con su agarre en
la bolsa. El policía entrecerró los ojos. Jorge se preguntó,
brevemente, si tenía algo que lo incriminara. O si incluso
importaría si el policía lo comparaba con la descripción
de un sospechoso. Por lo general, llevaba su acento con
orgullo, pero en este momento, lamentaba no haber
prestado más atención en las clases de inglés. El tono
del policía le hizo sentir como una mala hierba no mala
arrancada del cemento.

"¿Qué tienes en esa bolsa?" El policía se llevó las
manos a la cintura.

Jorge no pudo evitar voltear los ojos. Era un hombre de negocios, no un ladroncito. Se quitó el insulto de encima y lentamente abrió el zipper de la bolsa para revelar el coat de cuero.

"Sólo lo fui a recoger en la lavandería," Jorge esperaba que este fuera el final de la interacción.

"Jeez, que abrigo más lindo ¿Ese es tuyo?" El policía alargó la mano para tocar el cuero, luego rebuscó con gruesas manos en los bolsillos del abrigo. Jorge pensó que su mandíbula podría salirse de su cráneo.

"No," dijo con calma. "Es de mi padre, me lo llevo a casa."

El policía sacó lo que debió el recibo y lo arrojó al suelo nevado sin cuidado.

"¿Y tu nombre?"

"Jorge."

"Encantado de conocerte Jorge. Que tengas un buen día y, uh, cuídate por aquí." Ahora estaba sonriendo, lo que hizo que Jorge sintiera que tenía que devolverle la sonrisa. El policía se volvió hacia su carro. Por fin. Jorge dejó escapar el aire frío y penetrante que se le había acumulado en los pulmones. Su cara estaba caliente y la

nieve se sentía como si se estuviera riendo de él, picándole
en la nariz. Había oído hablar de cosas que les pasaban
a los chicos de su vecindario; después desaparecían o
se peleaban más, pero era como el estruendo del tren o
el de sus vecinos tocando reggaetón a las 4:00 a.m. Una
interrupción a la que se había acostumbrado. Una de la
que nunca antes había formado parte. Hasta ahora.

Se arrodilló para recoger el recibo y vio que estaba
envuelto alrededor de una fina pulsera. Jorge miró hacia
arriba y vio que el coche de la policía se había marchado.
Examinó el brazalete más de cerca. Era un brazalete
de rosario, de color rosa pálido y azul, hecho de hilos
intrincados. Jorge pasó los dedos por la diminuta cruz
trenzada al final, como si fuera un talismán. Se preguntó
si pertenecía a su padre, pero nunca antes había visto a su
padre poner pie en una iglesia. Por otra parte, no había
visto a su padre hacer muchas cosas.

Jorge se guardó la pulsera en el bolsillo y se
recompuso. Miró hacia el cielo gris, hacia Dios, o el
universo, o lo que sea que hubiera ahí fuera. Hizo una
pregunta que se hacía mucho últimamente. ¿Por qué? ¿Por
qué estaba él aquí? ¿Por qué estaba en este país, en esta

ciudad, en este barrio, en esta vida? ¿Por qué no estaba sentado en la playa comiendo un maldito mango? ¿Por qué todos, su madre, su escuela, ese policía pelirrojo, por qué todos pensaban que era un criminal? ¿Por qué le seguían pasando cosas como ésta? ¿Por qué a él? Esperó una respuesta que nunca llegó. Luego, como un verdadero neoyorquino, siguió pa'lante.

* * *

"Mi madre siempre dijo que sus joyas guardaban recuerdos. 'Como rocas en un río que dejan cicatrices con cada ola,' nunca supe a qué se refería," dijo el tío Gabriel mientras se probaba su nuevo coat de cuero.

Gabriel estaba de pie junto a la única silla del apartamento (aparte del sofá.)

"¿Puedo preguntar si Estados Unidos es siempre tan frío?" preguntó su tío. Quería decirle a su extraño tío que sí, que siempre hacía mucho frío excepto cuando hacía un calor sofocante.

"No," se rio Jorge. "Sólo Nueva York, y sólo porque sabía que venías, Tío."

Jorge había visto a su tío por primera hacía solo un
momento. Estaba acostumbrado a ayudar a su madre
a acoger a parientes y "viejos amigos" que nunca había
conocido. A pesar de que vivían en un apartamento de
una habitación, su madre insistía en que transmitieran la
misma hospitalidad que les habían mostrado a ellos hace
tantos años. Cuando Jorge regresó de la lavandería, el
tío Gabriel estaba de pie en la sala, leyendo un periódico.
Jorge casi le dio una patada de karate, pensando que era
un ladrón que había entrado. Aparentemente, su madre le
había dicho dónde estaba escondida la llave de repuesto,
en caso de que la necesitara. Eso no hizo que la primera
impresión que tuviera de su tío fuera menos inquietante.
Fuera de sus viajes en el tren A, Jorge nunca había visto
a nadie leer de pie. Tío Gabriel llevaba el pelo en un afro
corto, con una camisa estampada y unos jeans deslavados
que pertenecían a otra época. Era más joven de lo que
Jorge se había imaginado. Luego de un gran abrazo y
algunas formalidades, Jorge le entregó la chaqueta y le
mostró la pulsera tejida.

"Creo que es un rosario, como para rezar. Me
pregunto cuánto tiempo estuvo allí. Pero, no creo que

perteneciera a mi papá, ¿verdad?" dijo Jorge, girando el brazalete alrededor de sus dedos mientras estaba de pie frente a su tío ahora se había sentado. Odiaba llamar a su padre su papá; se sentía forzado.

"No sé. Déjame verlo," indicó Gabriel.

Cuando Jorge deslizó el brazalete en la mano de su tío, sintió un poco de estática correr por sus dedos. Se sacudió el sentimiento.

"Creo que . . ." Gabriel se detuvo cuando la luz del pasillo y el calefactor se apagaron simultáneamente. Afortunadamente, todavía había luz del día entrando por la ventana.

"¡Se fue la luz!" exclamó Jorge. Rápidamente se inclinó hacia el disyuntor del pasillo y accionó un interruptor para volver a encender el calentador. La luz del pasillo permaneció apagada. "No pasa nada, como quiera el casero vendrá mañana para arreglar el lavamanos del baño. Solo tendrá que agregar esto a la lista. E'to pasa to' el tiempo. Bueno, ¿es de mi papá o no?"

"Creo que era de mi Tía Lupe. Tu abuela. Ella era encantadora, te hubiera gustado. Una gran cantante. Estoy bastante seguro de que esto le pertenecía. Mi abuela hacía unas brazaletes como estos en su cocina y la tía Lupe se los vendía a la gente en la iglesia. Ella era la jefa de la iglesia en Hidalpa, ¿sabías?"

Jorge se quedó sorprendido. Nunca había conocido a su abuela. Murió cuando él era pequeño. Su padre tampoco hablaba nunca de ella; Jorge nunca había oído nada de ella. Ni siquiera sabía su nombre hasta ahora. Se preguntó brevemente por qué su brazalete estaba allí, antes de darse cuenta de que podría tener un valor sentimental. Pero su padre tampoco parecía del tipo sentimental.

El tío Gabriel jugueteó con el brazalete un momento más antes de dejarlo sobre la mesa y deslizarlo en dirección a Jorge.

"Bueno, creo que ahora esto te pertenece," dijo con rotundidad. Mientras Jorge miraba a su tío, se dio cuenta de que tenía un par de horas para matar antes de que su madre regresara del trabajo, y que el hombre era básicamente una enciclopedia familiar ambulante. Tenía muchas preguntas que hacerle y, literalmente, nada que hacer y ni lugar dónde ir. Quizás este día no tenía que ser un total desperdicio.

"Vuelvo enseguida. Hay cerveza en la nevera, sírvase usted mismo." Jorge agarró el brazalete de la mesa antes de girarse para ir al baño.

* * *

Tan pronto como la puerta del baño se cerró detrás de Jorge, sus oídos empezaron a zumbar. Era cada vez más fuerte. Sus piernas empezaron a sentirse como si fueran de plomo. Se volvió para mirarse en el espejo y vio que le devolvía la mirada con las manos tapándose los oídos. En su reflejo vio que el agua subía lentamente por su cuello, subiendo constantemente hacia su barbilla. Sin embargo, no vio agua a su alrededor en el piso de losas blancas y negras.

"¿Qué carajo?"

Podía sentir el agua invisible en su piel mientras movía los brazos. El brazalete se había atado alrededor de su muñeca de alguna manera. Jorge de repente sintió que se ahogaba con agua salada y los dedos de los pies flotaban sobre el suelo. La escena en su reflejo mostraba ahora el agua al nivel de las orejas. Impulsó sus piernas a través del mar invisible del baño, respiró hondo, cerró los ojos y se zambulló con un chapuzón.

Cuando Jorge se sumergió, sintió un cambio. El mundo le dio la vuelta como una máquina de feria. No podía sentir el suelo en lo absoluto. Cuando abrió los ojos, estaba solo en un océano brillante y centelleante, con los azulejos del baño en blanco y negro muy por encima de él. Debajo de él, un barco hundido y podrido y un abismo negro. Nadó hacia la superficie en busca de aire, aterrorizado, alcanzando el familiar piso del baño.

Cuando Jorge se liberó en la superficie, escupió al menos medio litro de agua, recuperando el aliento. No se encontró en un océano, sino en un río. El sol estaba cayendo sobre él, calentando instantáneamente su piel. Sintió piedras frías debajo, los dedos de sus pies agarrándose en busca de estabilidad contra las olas violentas. Encontró sus manos envueltas alrededor de la rama de un árbol. Su cuerpo era diferente, pero notó que su muñeca todavía estaba adornada con el brazalete rosa y azul. A lo lejos, había mujeres de piel oscura vestidas de blanco, lavando ropa en las rocas. Estaban mirando en su dirección, distraídas de la ropa sucia.

Miró hacia abajo y vio que él también vestía un vestido blanco y que era . . . diferente. Había largos mechones de gruesos rizos negros pegados por todo su rostro, bloqueando su visión.

"¡Consuela! ¡Consuela!" las mujeres gritaban detrás de él, de ella. Ahora era Consuela. Y de alguna manera sintió que la conocía, o que la había conocido de alguna manera. Consuela se hizo cargo de sus funciones motoras. Los llevó hacia las mujeres, todavía luchando por respirar mientras caminaban contra la corriente.

"¡Gracias a Dios! ¿Y María?" Una mujer los agarró del brazo. Su español tenía acento. Sonaba como Jean-Paul, el primer amigo de Jorge en la Academia St. Phillips. Haitiano, se dio cuenta. Sacudió sus hombros con urgencia. "¡María! ¿Y María?" Jorge sintió las lágrimas correr por su rostro ya mojado. La mujer que gritaba como una loca corrió hacia el río, con el vestido blanco arrastrándose detrás. Sus lágrimas seguían llegando y cayendo. Cuando la otra mujer tiró de ellos para abrazarlos, soltó un grito en su pecho. Nunca antes había sentido algo así. Fue un dolor terrible. Sus lágrimas también se mezclaron con las de él. Estaban entrelazados.

Sintió lo joven que era Consuela . . . quizás diez o doce
como máximo. Sabía que María tenía aproximadamente
la misma edad. Sabía quién había sido María. Y sabía que
María no sabía nadar.

Sintieron aún más agua goteando por sus mejillas, al
principio creyendo que venía de las olas o que lo estaban
imaginando. Miraron por encima de ellos, Jorge por
segunda vez ese día (¿acaso era el mismo día? ¿o estaba
soñando?). El cielo parecía una escena de la Biblia. Rayos,
nubes grises, básicamente una pintura renacentista. El
cielo ceremonioso se partió y arrojó una inundación de
lluvia sobre ellos. Cerraron los ojos y sacaron la lengua
para saborear la lluvia. En este momento de inmenso
dolor, brevemente, había esperanza. Yo soy Consuela.
Voy a vivir.

* * *

Cuando volvió a abrir los ojos, estaba en la oscuridad.
Definitivamente no era el mismo día. La lluvia había
cesado, pero todavía estaba mojado. Esta vez tenía
las piernas mojadas y su falda— ¿la falda de ella? — se

arrastraba debajo de él mientras escurría una toalla.
Ahora era nuevo. Dejó de escurrir la toalla y se volvió para
mirar un espejo. Podía sentir que eran bastante bonitos,
incluso en las sombras.

Lupe.

El nombre fue transmitido a su cabeza.

¿Espera, Lupe? Miró hacia abajo. Todavía estaba
allí, claramente rosa y azul incluso en la oscuridad. El
brazalete. ¿La pulsera de la abuela Lupe? Su pulsera. Esto
era mucho. Volvieron al modo automático, con Lupe
tomando el control. Estaban casi histéricos. Podía sentir
los latidos de su corazón volar. Había agua subiendo
debajo de ellos en esta pequeña habitación de madera,
con varias goteras en el techo de aluminio. ¿Por qué el
agua seguía intentando matarlo? Caminaban a través
de la inundación cargando cubetas, toallas y velas de un
lado a otro. Junto con los sonidos de lo que debía ser
un huracán lanzando árboles en el exterior, en el interior
sonó el ruido de una mujer embarazada dejando escapar
breves estallidos de gritos aterradores.

Ellos eran Lupe. No había nadie más alrededor.
Solo ellos y la mujer embarazada. Nadie para salvarlos,
solamente Lupe y una mujer embarazada. Una mujer
embarazada que definitivamente estaba en la mitad del
parto, por lo que parecía. Sus piernas estaban extendidas
y levantadas en la cama sobre la que estaba sentada. Una
cama que se elevaba constantemente con el nivel del agua
acercándose a los bordes del colchón.

"Cálmate, Mabel. Cálmate." Se encontraron
tranquilizando a la mujer embarazada que también
era su hermana. Jorge se maravilló de lo tranquilos
que estaban. Se habría vuelto loco. Se estaba volviendo
loco. Pero Lupe también parecía tranquilizarlo. Aun así,
necesitaban ayuda. A través de la puerta abierta, acababan
de ver derrumbarse una pared de la cocina. Y muy pronto
estarían flotando hasta este techo mal construido para
ahogarse si no podían encontrar salida hacia un terreno
más alto. Mabel volvió a gritar, esta vez en sincronía con
un trueno (Tía Abuela Mabel, se recordó Jorge). Podían
ver la cabeza del bebé entre las piernas ahora. No era
enfermero, pero Jorge supo instintivamente que era una

mala señal. No era lo suficientemente pronto para la línea de tiempo que esta inundación tenía en mente.

Como si las cosas no pudieran empeorar, la única entrada en esta habitación ahora estaba bloqueada por otro obstáculo: la estufa de la cocina al otro lado se había incendiado. Jorge estaba realmente asustado ahora, pero Lupe no. Lupe tenía a su Dios y hoy no se iba a morir.

Mabel soltó otro grito en sincronía con un trueno. Algo andaba muy mal con ella.

Nadaron hasta una caja de metal flotante y la agarraron por la cabeza. Al mirar el techo tenuemente iluminado, encontraron un gran agujero en el techo con una mancha de óxido alrededor. La tormenta se filtraba. Con su brazo derecho, golpearon la esquina de la caja con el óxido. Para la sorpresa de Jorge, hicieron una mella considerable. Dios, ¿cuántas pesas levantaba su abuela? Después de tres golpes más, atravesaron un costado. Lo intentaron de nuevo en el otro lado, el caos todavía se arremolinaba a su alrededor. Otro gran trozo se hizo añicos sobre ellos, revelando un cielo de estrellas tenuemente iluminadas a través de las nubes. Se quitaron el óxido y la suciedad de la cara y evaluaron la situación nuevamente.

El armazón de la cama ahora flotaba en el agua y se formaban charcos en el colchón. Lupe se echó una toalla mojada por encima del hombro y se acercó a Mabel. Empujaron el marco de la cama con un poco de fuerza y se deslizó unos cinco centímetros.

"Vamos," decidieron. "Al techo. Vamos Mabel, tenemos que salir de aquí. Tú tienes que salir de aquí. Por Gabriel. Yo te levantaré. Vamos." No hubo vacilación o temblor en su voz ronca y autoritaria cuando persuadieron a Mabel de que se levantara. Viene Gabriel, pensó Jorge. Tío Gabriel.

"No, no puedo. Vete tú, Lupe. No puedo," gritó Mabel entre jadeos. Lupe avanzó. Fue al otro lado de la cama y, usando la pared como palanca, empujó la cama debajo del agujero que habían hecho en el techo. Jorge sintió que su fuerza se entrelazaba con la de su abuela. Lo lograron. A continuación, se subieron al colchón y se sentaron junto a su hermana.

"Vamos," repitieron, mirándola profundamente a

los ojos. Le dieron la espalda a la mujer y le pasaron los brazos por los hombros.

"Agárrate." Mabel obedeció y apretó con más fuerza. Metieron las piernas de Mabel debajo de los brazos y se pusieron de pie lentamente. La cabeza de Mabel logró atravesar el agujero. ¿Ahora qué? Se volvieron a sentar y le dijeron a Mabel que se pusiera de pie. Mabel volvió a obedecer. Podían sentir sus piernas temblar. "Un . . . dos . . . tres." Jorge sintió que se expandía. Sintieron que cada músculo irradiaba dolor. Mabel empujó hacia abajo, aplastandole los hombros, y se levantó de sus cimientos. Y pudo salir. Estaba viva. Viva y en la azotea con su hijo. La oyeron emitir un grito gutural que les provocó un escalofrío por la columna vertebral. Si este bebé salía sano, era un milagro.

Después de un latido, la lluvia amainó. Una mano apareció desde el techo.

"No," dijeron, para sorpresa de Jorge. Pensaron en el bebé, ya había sido un embarazo difícil. No podían correr el riesgo de causarle sufrir más daños.

"¡Vamos!" gritó la voz desde arriba. "Vamos, Lupe."

Miraron la mano. ¡Tómala! Suplicó Jorge. Agarraron la caja de metal de nuevo y se pararon sobre ella. Todavía tenían un camino por recorrer. Lupe cedió y se dejó arrastrar por el techo. Podían ver las estrellas brillando más fuerte sobre ellos. Jorge se sintió elevarse a su lugar entre las constelaciones.

* * *

Y luego Jorge estaba nuevamente en un piso de losa. Esta vez uno sucio. Pero todavía no era Jorge. Empezaba a sentir que alguien le estaba gastando una broma. Sentía la cabeza nublada y el estómago le daba vueltas. Jorge se detuvo, preguntándose cuánto más duraría esto. Era una mujer otra vez, podía sentirlo. Sostuvieron una mano cubierta con un brazalete sobre un lavamanos cercano para mantener la estabilidad, y su reflejo en el espejo nublado frente a ellos lo sacudió. Se limpiaron un poco de vómito de la boca y se metieron el pelo detrás de las orejas. Jorge miró a los ojos que había conocido toda su vida.

"¡Luciana Jiménez!"

Oyeron que los llamaban por su nombre, un nombre

que Jorge sabía que ella había estado esperando todo el día. El nombre de su madre.

"¡Luciana Jiménez!"

Salieron del baño con su bolso de piel de serpiente y regresaron a su lugar en la fila. Una mujer corpulenta con un bebé se lo había estado sosteniendo para ellos. Levantaron su mano y afirmó que estaban presentes para su cita de las 7:00 a.m. en la Sección Consular de los EE. UU. Sin embargo, el sol pegaba como si fuera la 1:00 p.m.

"Esta línea," señaló el oficial a la fila más corta al lado de donde estaban parados. Se acercaron y se dirigieron al mismo oficial.

"Mi nombre es Luciana Jiménez. Soy la hija de Lupe—"

"E'perate," el oficial la interrumpió y agarró bruscamente su bolso, hojeando los papeles que había adentro y palmeándola de arriba abajo. A Jorge no le gustó nada el tiempo que sus manos se demoraron en su trasero.

Cuando terminó, simplemente se alejó, desapareciendo detrás de una única puerta roja frente a ellos. Se quedaron estupefactos por la brusquedad del hombre. La corpulenta mujer mayor frente a ellos explicó que había una persona en el interior que haría las preguntas y daría la aprobación. Les recordó a Lupe, mientras hablaba de cómo su hijo consiguió un trabajo en Miami y le había pedido una tarjeta de residencia. Esta era la fila especial para las personas solicitadas, explicó, y entregaron tarjetas verdes rápidamente a personas como ellos. Continuó hablando durante al menos cinco minutos más. Luciana se sustrajo de la conversación y se cubrió los ojos del implacable sol. Intentaban recordar que tenian suerte. Que la gente la pasaba mucho peor que ellos. Que las mujeres embarazadas se ahogaban en botes y cruzaban desiertos para hacer a ellos solo les costaba traer un formulario a un edificio.

Mi nombre es Luciana Jiménez. Soy la hija de Lupe Jiménez. Ella me pidió una tarjeta de residencia. Ella es mi madre y ha sido ciudadana estadounidense durante cinco años, viviendo en Nueva York. Aquí están mis papeles. Mi nombre es Luciana . . .

Repasaron el guión que habían escrito una y otra vez, articulando las palabras. Jorge sabía que eran mentiras. No era la hija de Lupe Jiménez. Lupe era la madre de su padre, no de Luciana. Ahora sabía que Lupe se había mudado a Nueva York y se había convertido en ciudadana. Se estiró, lleno de preguntas, y Luciana se pasó las manos por el estómago. Su expresión cambió de tensa a concentrada. Sintió que ella le estaba lanzando sus pensamientos, como cuando jugaba balonmano en St. James Park durante el verano.

Su abuela, Lupe, se había casado con un dominico-estadounidense después de su jubilación y se mudó a Nueva York. Le encantaba absolutamente todo, desde la comida hasta el metro y los testigos de Jehová de Ghana que aparecían constantemente en su puerta. Luciana seguía hablando con Lupe todo el tiempo, a pesar de su separación de Tito. No importaba que ya no estuvieran atadas por el serpenteante hijo de Lupe. Eran familia. Ahora más aún, ya que Lupe era la única que conocía su secreto. Y cuando Luciana le dijo que había perdido su trabajo en la fábrica de sombreros, Lupe no dudó en invitarla a Estados Unidos. Todo lo que tenía que hacer era mentir, apenas mentir. Lupe era básicamente su madre en todas las maneras que eran realmente importantes.

Mi nombre es Luciana Jiménez . . .

Volvieron a su recitación, como un robot que vuelve a la configuración de fábrica. A este punto, el sol se estaba volviendo insoportable. Deseaba que viniera un vendedor ambulante con agua o cocos o, en realidad, cualquier cosa. ¡Mangos! Amaba los mangos. Si su boca no estuviera tan seca, se le hubiera hecho agua. Ya staban demasiado cerca de la puerta como para arriesgarse a salir de la fila de nuevo. Además, estaban seguros de que les esperaba un chequeo físico del otro lado. Por mucho que amaran los mangos o los cocos, nunca se sabía lo que podría hacer que su estómago volviera a mandarlos al baño.

Jorge sintió que volvía a sentir dolor de cabeza. Sus piernas comenzaban a sentirse como espaguetis a medida que avanzaban por la fila. No era un buen momento. Una vez que Jorge lo pensó, el cielo inmediatamente se volvió gris y un relámpago seco bailó en el aire.

Agua.

Bajó suavemente, bautizando su frente con lo que parecía el agua más fría del mundo. Se llenaban los pulmones con aire y exhalaban lentamente, agradeciéndole a Dios por su gracia y volver a su guion.

Mi nombre es—

"¿Luciana Jiménez?" una mujer rubia con un
portapapeles se asomó detrás de la puerta. Se dieron
cuenta de que habían llegado al principio de la fila.
Sacaron el sobre de su bolso, respiraron profundamente
y siguieron a la mujer a través de la puerta roja. Se cerró
detrás de ellos con un

Clack.

Las manos de Gabriel estaban de repente frente a su
rostro. Volvió a chasquear los dedos.

Jorge sintió como si sus huesos hubieran sido
desgarrados y aplastados nuevamente. Podía sentir cada
músculo, ligamento y vaso sanguíneo de su cuerpo. Todos
discutían entre sí, se gritaban unos a otros, hablando
diferentes idiomas. Movió un dedo meñique y se sintió
como si estuviera arrancando un rascacielos. Se sentó a
horcajadas sobre la gratitud, el dolor, la ira, la soledad,

el desafío; era demasiado para contenerlo. A pesar de su estado, poco a poco se dio cuenta de que estaba parado en medio de su sala de estar. Todo estaba tal como lo había dejado.

Se pasó las manos por los brazos y el pecho, desconcertado por su propia existencia. Era su cuerpo. Su cuerpo. Uno masculino. No tenía ni una gota de agua. Se tocó las mejillas, donde corrientes de lágrimas silenciosas se convertían en sal. La luz del sol todavía entraba por la ventana. Un suave zumbido de coches lo devolvió a la tierra.

"Yo . . . yo estaba . . . yo-yo . . ." Jorge luchó por encontrar palabras.

Su tío lo agarró con urgencia por la muñeca con suave fuerza. Jorge sintió que el rosario le quemaba la piel. Gabriel se lo quitó y tiró el brazalete al fregadero de la cocina. Tomó a Jorge por los hombros y lo sentó en la única silla de la habitación. Su tío lo agarró por la barbilla.

"Estas bien," afirmó el tío Gabriel con severidad. "Vas a estar bien. Pero tienes que comer algo, papi." Le entregó a Jorge una caja de galletas saladas. Jorge no estaba seguro de si estaría bien. Por mucho que la lógica tirara de su cerebro, insistiendo en que había sido un sueño inofensivo, Jorge sintió que sus espíritus pasados se consolidaban dentro de él, formando comunidad. Nunca volvería a estar bien. Nunca podría ser solo él, singular. Su cuerpo les pertenecía a ellas.

X.
Dominó

La mayor parte de los días de ese año, después de una rica comida llena de carbohidratos, junto a los niños y los ancianos, se podía contar que una Aribel adolescente compartiría la cama con su tía embarazada para una siesta vespertina. Saboreaba estas siestas. El aire del mediodía se acumulaba en gotas de sudor sobre su piel color caramelo en lo que un abanico de plástico lleno de polvo lanzaba cristales de sal sobre su espalda. Y se despertaba húmeda y delirante, en algún lugar fuera del tiempo y el espacio, hasta que su madre, gritando con incredulidad ante la pereza de su hija, enfocaba los oídos de la niña. Y el sol se desangraba hasta la hora de la siesta del día siguiente. Así continuó la distorsión temporal del verano.

Pero un día cerca de finales de agosto, después de que una tormenta sacudió todo el polvo la noche anterior, el aire estaba peculiarmente seco y los vientos que sobraron de la lluvia trajeron un delicioso alivio. Sus piernas estaban inquietas por echar un vistazo a esa rara tarde. Entonces, Ari arrojó los restos de su comida al perro del vecino, sacó su pelota de voleibol de debajo de la cama y agarró el par de Pumas que colgaban del alféizar de la ventana. ¿Cómo podía alguien dormir cuando el suelo estaba tan fresco y el olor a lluvia caída tan embriagador? Era el tipo de clima que la hacía desear ser una estrella de la pista, para poder correr hacia las montañas y gritar mientras sentía que todo su aliento se renovaba. Aunque no era muy deportista, besó a sus Pumas a la calle y caminó hacia la puerta de su vecina.

"¿Cómo vamos a llegar, entonces?" golpeó la pelota de voleibol hacia Rafaela un poco demasiado bajo. Rafaela se agachó para salvarla. Ari tomó nota para tener en cuenta su diferencia de altura.

"Una de las guaguas, supongo. El hijo de Martín me

dijo ayer que las guaguas chiquitas salen para la capital cada dos horas a partir de las seis." Las piernas largas, delgadas y morenas de Rafaela se lanzaban donde la brisa llevaba la bola con los golpes salvajes de Ari. Aun así, nunca se quedaba sin aliento. Ari, por otro lado, tenía que encontrar su equilibrio después de cada golpe. Dejó la pelota hacia atrás y se rascó las trenzas que tiraban de su cuero cabelludo.

"¿Doscientos pesos?"

"Doscientos pesos. Cada una."

"¿Tienes cuatrocientos pesos?" Ari frunció los labios.

"Nena, pero si Romeo Santos va a estar ahí, barreré todo el cabello del mundo por mis doscientos pesos," se rio Rafaela. "Será mejor que consigas tu propio dinero. Tal vez mi mamá también te pague si pasas por el salón."

"Loca, no puedo creer que de verdad vengan a Santo Domingo el mes que viene. Y para un concierto gratis. Gratis. ¿Por qué aquí no viene nadie?"

Rafaela volvió a reír y negó con la cabeza a su vecina. En medio de la calle, frente a las casas de ambas, las dos habían encontrado su ritmo. Ari dio un salto alto. Rafa volvió a bajarla.

"¿Cuántas personas crees que va a haber allá?" Ari continuó.

"Millones, chiqui. Esa canción está pegaísima."

"Son las cinco 'e la mañana

y yo no he dormido nada . . ."

Ari balanceó sus gruesas caderas en una bachata antes de dar el siguiente golpe. Las dos muchachas soltaron una risita rebelde cuando la pelota saltó en el aire.

"¡Oye! Y si . . ."

Rafaela giró la cabeza y miró impotente.

"Jo-der . . ."

Detrás de ella estaba la imponente pared de ladrillos que rodeaba la propiedad de los Díaz. A pesar del misterio que rodeaba la pequeña casa principal de madera y su patio trasero que equivalía a dos casas, las niñas sabían que las paredes contenían al menos un gallo, un chivo maloliente, un grupo de niños pequeños y ahora, una pelota de voleibol.

Tres clics de pestillos y el movimiento de pies pesados recibieron el toque más cortés de Ari sobre la puerta. Una mano envejecida y manchada abrió la puerta de madera torcida tanto como lo permitía la cadena de la cerradura.

Un ojo verde vidrioso las inspeccionó como si estuvieran tratando de venderle algo.

". . . Saludos," comenzó Rafaela. Dio un codazo a su compañera.

"Sí, saludos Don Díaz." Ari esperó un momento. El anciano solo dejó escapar un gruñido. "Bueno, estamos aquí por la pelota, bueno, mi pelota de voleibol, es solo eso, está en su . . . patio."

"Perdón, señor," Rafaela se disculpó de forma preventiva antes de que el hombre pudiera decir una palabra. Cruzó sus ojos entre las dos chicas cautelosamente. Entonces, la puerta se cerró de golpe. Ari luchó con su mano para que no formara un puño y rompiera un hoyo en la casa, pero justo cuando movió su peso hacia atrás, la puerta se abrió de nuevo y el viejo interpuso un bastón negro para mantenerla abierta.

"¿Qué quieren?" Esta breve y simple frase reveló el acento profundamente sureño del anciano.

"Lo siento. Mi pelota, est—"

"No lo tenemos." Y punto.

"Pero . . ."

"¡Júnior!" gritó por encima del hombro. "Has visto

una pelota de voleibol?" (Junior negó con la cabeza.) "No
la tenemos. Buen día." Junior estaba sentado en el suelo
de tierra raspando un plato desechable de comida. Detrás
de él, Ari vio a un niño pequeño con pañales que corría
tras una pelota blanca en el patio a través de la entrada
trasera. La sangre corrió de sus puños a sus oídos mientras
miraba al pequeño duendecito patear su pelota contra
unos ladrillos. Su atención volvió al viejo cascarrabias, Don
Díaz, mirándolo a los ojos en un punto muerto. Fue ella
quien finalmente cedió y se volvió por el mismo camino
por el que vino. Sabía que había terminado de hablar.
Intercambiar más palabras estaba por encima de su cuota
de respetabilidad cuando se trataba de hablar con un
anciano.

* * *

Dos semanas después, Ari y Rafaela salieron del Colmado
Belén con las provisiones del día, riendo mientras
continuaban tramando su plan para llegar al próximo
concierto de Aventura. Un hombre con una pila de sillas
plásticas casi golpeó el afro perfecto de Ari. Ella se volvió

a preguntarle a su abuelo, Don Belén, que fumaba su puro de la tarde en el mostrador, qué pasaba con las sillas. Se estaban preparando para un torneo de dominó, le dijo. Y eran las Grandes Ligas. Ari miró cómo un anciano particularmente miserable se arrastró por la calle usando la silla de su casa como un bastón improvisado. Arrastró su silla de plástico verde descolorido hasta la mesa de dominó plegable y tomó un laborioso descenso hasta su asiento.

Rafaela le lanzó una mirada a Ari. Podía ver que la mente de Ari ya estaba en otro lugar. En ocasiones, le resultaba agotador ser su amiga.

"¿Cómo me inscribo?" Ari dejó sus compras.

Su abuelo sonrió a través del humo de su puro.

"Alma mía y sangre mía, son setenta y cinco pesos para apuntarse y seiscientos pesos para el ganador. Empieza en cinco minutos." Le habló dulcemente y buscó detrás de su polvorienta caja de trofeos para pasarle un portapapeles.

"Ari, no," se quejó Rafaela. Habían trabajado todos los días durante dos semanas para recaudar el poco dinero que tenían. Sin mencionar que no habían tenido en cuenta el costo de la comida o el taxi una vez que llegaran a la capital.

"Ari, sí. Y Rafa también. Deja tus bolsas y trae una silla, flaca."

* * *

Desde que Jesús resucitó, los bancos de piedra debajo del inmenso tamarindo de la ciudad acogían la misma rotación de tíos ancianos y sus sobrinos de mediana edad. El sonido del marfil entrechocado, que resonaba especialmente en la lejanía de los sábados por la noche, rivalizaba con el sonido de los huesos viejos que se movían para llegar allí. A pesar de los groseros insultos sobre madres, hijas y putas arrojadas al otro lado del tablero, una niña con el cabello recogido en dos moños, no tenía nada de problema en disfrutar de su paleta sentada en las piernas de su abuelo.

A los tres años, Ari aprendió a bailar bachata y merengue pisando los pies de su padre. Mediante un proceso similar, a los cinco años aprendió a cocinar arroz sentándose en la encimera de la cocina entre su madre y su tía, y a los seis años absorbió los movimientos de juego de su abuel, quien tenía a la niña como si fuera un inofensivo accesorio sobre su regazo, mientras jugaba debajo el tamarindo. Ella se sentaba en silencio, observando cada pieza golpeada, contando el tablero e intentando su mejor esfuerzo para mantenerse al día. Los juegos más divertidos siempre involucraban a sus tíos abuelos peleando entre ellos. Para una Ari joven, parecía que el dominó era un juego de lectura mental, mezclado con matemáticas rápidas, y adivinación. Después de una tarde próspera, Ari se llevó a casa el trofeo en miniatura de su abuelo y lo avasalló con preguntas. ¿Cómo supo que el tío de su izquierda tenía el doble seis? Don Belén le confió a su nieta sobre el lagarto que se deslizó por la mesa y le susurró un consejo al oído. Las lagartijas, los pájaros, los gatos e incluso las moscas tenían una forma de hablarle, había dicho. Con ojos de gracia y sonriendo, Ari preguntó cuántos años tendría ella cuando también pudiera hablar con los animales. "Antes de conocer a los animales, hay que conocer a la gente, mi niña," respondió el abuelo.

Nunca se dio cuenta de los animales, pero el verano

que Ari cumplió once años, su empeño en entrenar a
Rafaela para que le leyera la mente y contara dominós a
expensas de los quehaceres pendientes, finalmente dio
sus frutos. Gastaron los veinticinco pesos que ganaron en
los esquimalitos más dulces que jamás habían probado.
Pasaron el resto del año deseando más.

* * *

Afortunadamente, los años no habían disminuido la
magia del joseo de las chicas. Con dos juegos ganados,
Ari se sentó junto a su último oponente, agradecida de
que tuviera la habilidad para llegar tan lejos. Su mirada
virulenta de ojos verdes tenía la misma arrogancia vacía
de la cadena de viejitos que había venido antes que él.
Era como si le estuvieran haciendo un favor cuando
empezaban a jugar, haciendo una obra de caridad al
permitirle experimentar su invaluable sabiduría.

Por lo general, sentía lástima por ellos y por la
fragilidad de su mundo. Pero el chin de de ego de
este anciano en particular, lo estaba disfrutándo
absolutamente.

"Esto es lo que vamos a hacer: puede quedarse con los seiscientos pesos ahora mismo . . ." Ari se sobresaltó, mezclando ceremoniosamente las piezas blancas con las palmas de sus manos como un mago. ". . . si me hace un favor y me regala una pelota de voleibol, señor."

Don Díaz la ignoró bruscamente y tomó sus siete piezas de juego. Puso de golpe un doble seis.

"Tu turno."

Ari y Rafaela intercambiaron una mirada a través de la mesa. El compañero del anciano recogió sus piezas y continuaron en un tenso silencio. Ari solo rompió la tensión dos veces chupándose los dientes y susurrando maldiciones cuando el anciano bloqueaba sus jugadas. Desde el momento en que leyó su mano, supo que la única forma de ganar era preparar el juego para la victoria de Rafa. Contó y recontó cada segundo, colocando mentalmente las piezas no jugadas en las manos de cada uno de los jugadores y calculando las posibilidades futuras. El anciano dejó su 3-2 y Ari sonrió, habiendo visto su visión hacerse realidad. Estaba jugando para sí mismo, no para su compañero.

Finalmente, Rafaela dejó su penúltima ficha con el

consejo telepático de Ari. Don Díaz tomó un largo trago
de su cerveza antes de lanzar la única pieza que Ari temía,
bloqueando efectivamente a su compañero fuera del
juego y dejándolo en sus manos. Había puesto esa pieza
mentalmente en manos de Rafaela al comienzo del juego.
Qué maldita vaina.

"Coño," suspiró Rafaela.

"Espera. Paciencia, señores . . . paciencia." Ari dejó
la mano boca abajo y volvió a repasar el juego. Uno de
ellos tenía la última pieza de 4 y otro tenía el último 6, y
Ari tenía ambas. Si Rafaela tuviera la pieza que supuso,
ganarían, pero si no . . .

Ari y Rafaela se miraron durante un minuto,
intercambiando diferentes variaciones de levantamiento
de cejas y labios fruncidos. Don Díaz señaló su
impaciencia con una tos.

"Está bien," Ari se compuso.

"Okey. Tú puedes," repitió Rafaela.

Ari le dio la vuelta a su pieza. Los espectadores de pie
detrás de Rafaela soltaro un grito. Rafa golpeó su última
pieza con venganza, haciendo que la tabla levitara.

El anciano se quedó quieto por un momento antes

de arrojar su pieza, empujándose hacia atrás y alejándose impasiblemente. El círculo de viejos y jóvenes que los rodeaban estalló de risas. Rafaela se unió a ellos y casi derriba a Ari saltando encima de ella.

"Maldito viejo, ¡coño! ¡Dame mi cuarto!" Rafa besó a su amiga en la mejilla, sonriendo alegremente.

Aun así, Ari estaba enojada por no haber tenido en cuenta el orgullo del anciano en el juego. Su abuelo salió del colmado y le dio a su nieta un beso en la mejilla y seiscientos pesos agarrados con un clip. Cuando el sol se escondió más allá del horizonte y el aire a su alrededor se fundió en rosa, Rafaela se animó. Señaló detrás de Ari a un chico sin camisa que corría por la esquina. Tenía lágrimas secas con sal en la cara y una pelota de voleibol cubierta de barro a bajo sus delgados brazos.

El niño dejó caer la pelota en las manos de Ari y extendió su propia mano para estrecharla.

"Con permiso." Su voz era como papel de lija. No era mucho en términos de disculpas, en verdad.

Ella lo miró y se volvió hacia Rafaela, antes de tomar tentativamente la mano del niño. Y eso fue todo. Volvió por el mismo camino que había venido.

XI.
Buenos Espíritus

La Nochebuena era un ritual familiar: el ánimo en alto, sonrisas ligeras y artificiales estallaban en la habitación con cada trago. Este año, Gabriel, ya en sus maduros doce años, recibió por primera vez su propia botella de Presidente vestida de novia y que pesaba en sus manos. Intentó actuar como si estuviera bien versado en el arte de beber alcohol. Pero tampoco era como si sus primos o padres le estuvieran prestando mucha atención. La alegría se le veía en sus ojos brillantes y siempre estaban enfocados en el narrador. Tías y tíos, cada uno tomando su turno, con sus historias transmitidas de generación en generación, ofreciendo un puente entre la tierra joven y las estrellas fósiles. Gestos similares prevalecieron entre las hermanas de Doña Mabel e incluso su hermano mientras predicaban individualmente al grupo. Pero, era la verdad incuestionable que Doña Mabel hacía los cuentos más parecidos a los de su madre, recientemente fallecida, una autoridad en el medio de hacer cuentos. Y era ella quien ahora tenía la palabra.

El cuento elegido de Doña Mabel para Nochebuena era siempre piadoso y sobre el amor, en honor al santo día del nacimiento de Cristo. La historia de su propio amor, o los nacimientos milagrosos de sus propios hijos, por lo general. Sin embargo, la noche en que Gabriel tomó su primer trago, parecía que el aire era diferente a los demás, y su madre hablaba con más libertad que de costumbre. Papá José también estaba de buen ánimo. Se sentó junto a La Doña, escuchando con atención y alegre de que sus invitados estuvieron complacidos. Para él, ella era como una bailarina en una caja de música que seguía girando y girando, tan sencillo y, sin embargo, una adquisición maravillosa, con una memoria impecable.

En esta ocasión, se contaba que Mabel tenía diecisiete años cuando conoció a José. Ella era una chica

de Matanzas tranquila pero inteligente, que aún vivía con
su familia, mientras de vez en cuando tomaba un tren de
carga a la ciudad para estudiar enfermería. Su cabello era
negro, largo y brillante como una corona sobre su cabeza
(siempre lo mencionaba con nostalgia, siempre). Las
hebras negras fluían con el viento mientras se sentaba en
el tren a la escuela todos los viernes, rodeada de manojos
de caña de azúcar cruda envueltos con nudos de hojas de
palma. Todos los viernes saludaba la borrosa sombra
de un granjero al que pasaba, siempre parado en el
horizonte. Y así sucedió que estaba pelando papas con su
hermana en la cocina un jueves por la tarde cuando un
golpe formal salió de la puerta principal. Compartió una
mirada burlona con Norena, y con una sonrisa rebelde,
fue a abrir la puerta, a pesar de que su madre y su padre
no estaban en casa.

"¿Señorita Jiménez?"

Frente a ella estaba un joven alto vestido con un traje
de soldado que le quedaba casi media pulgada demasiado
largo. Su cabello estaba peinado hacia atrás y tenía un
agradable brillo castaño rojizo contra su piel tostada.
Un delgado bigote de lápiz se había formado por pura

fuerza de voluntad sobre su labio. A veces mencionaba el bigote de lápiz, otras veces era una barba madura, según el temperamento de José ese día. Este soldado juvenil era un rostro nuevo, algo raro en Matanzas.

"Esta es la casa de la familia Jiménez. Pero, ¿cuál señorita Jiménez, señor? Soy la segunda más joven, pero tal vez busque a mi hermana mayor—" ella volteó la cabeza hacia el comedor.

"No . . . bueno, no. Creo que no ¿la Señorita Mabel Jiménez? ¿Esa eres tú?" Mabel abrió la puerta un poco más y examinó al hombre que tenía delante "¿Mi chica en el tren? Sí, ahora me doy cuenta que eres tú," sonrió diabólicamente.

Mabel sintió que se sonrojaba. Y en este punto, La Doña se detendría y esperaría las risitas y aullidos de su audiencia. Qué cuento de hadas, eso es lo que dirían sus sobrinas en la mesa de Nochebuena, maravilladas con la mirada vidriosa y vertiginosa en los ojos de su anciano marido que confundirían con romance.

En su juventud, la sensación de haber sido observada fue demasiado para la joven. Ella trató de no mostrarlo.

"Soy Mabel," afirmó. "¿En qué puedo ayudarle?"

"Um . . . Bueno, mi amor, si tu padre está . . . ¿Quizás eso haría esto más fácil?" intentó mirar más allá de ella, pero ella cerró la puerta ligeramente.

"Perdóneme pero creo que no, señor. Hoy solo estamos nosotras. Y mi madre acaba de irse al mercado. ¿Tal vez pueda volver mañana, cuando regrese? ¿O puedo tomar un mensaje, si eso le agrada?" Podía ver que él se estaba poniendo impaciente.

"Bueno, ya ves, cariño, la cosa es que me voy en dos días. Por deseo del gobierno. (Hizo un gesto hacia su uniforme.) Detodos modos, vine aquí por ti." Hizo una pausa para quitarse la gorra. "He pasado los dos días desde que me enteré de que me reclutaron tratando de averiguar quién eras tú. Es una larga historia, pero finalmente llegué al carnicero que conoce a tu familia, quien me dijo dónde podría encontrar a la familia. Y bueno, todavía no lo sabes, pero tengo la intención de casarme contigo. Así que por favor transmite este mensaje a tu padre, solicitando su presencia en el rancho de mi familia en Hidalpa mañana al mediodía. Debo volver ahora, pero tengo la intención de verte pronto." Sacó la mano de sus largas mangas y le ofreció una hoja de papel.

Después de una rápida reverencia de cortesía, se volvió para irse.

"¿Y lo viste pronto?" una voz sonaba desde algún lugar de la sección adolescente de la estancia. A veces, Doña Mabel se sentía obligada a decir "No" con una sonrisa y reflexionar sobre lo diferente que podría haber sido su vida.

"Por supuesto," sonrió cautelosamente a su joven sobrina de cabello rizado. "Mis padres estaban encantados, naturalmente. Llegó el día siguiente, y tu abuelito dispuso un carruaje que nos guió a él y a mí al rancho de Hidalpa."

La madre de Mabelita le había prestado un vestido de su armario y un toque de pintalabios para aumentar sus posibilidades. La Doña a veces mencionaba que en ese momento no estaba segura de querer tener oportunidades. Esto hacía que su hermana menor se riera y su esposo volteara los ojos, si estaba bebiendo ron.

Cuando llegaron a la pequeña y solitaria casa del rancho en medio de los campos de caña de azúcar en Hidalpa, otro carruaje con un caballo blanco también estaba esperando en la puerta. El padre de Mabel, Don

Cristóbal, orgulloso militar y maestro, se arregló el cuello de la camisa y llamó a la puerta. Después de una cordial bienvenida entre el Don y la madre de su pretendiente, la mujer fuerte y de piel oscura los condujo al salón. En su camino por el breve pasillo, mencionó casualmente que ojalá su hijo pudiera elegir entre las dos chicas rápidamente. Por su situación, claro.

El salón se abrió ante ellos y una criatura joven, de ojos azules y cabello castaño, de no más de quince años, la miró a los ojos tímidamente desde el sofá. Fue entonces cuando Mabel se dio cuenta de la situación en la que la había metido la vida.

Él estaba tomando una decisión y ella estaba siendo probada.

En la habitación contigua, el joven José estaba sentado solo en el comedor, raspando lo que quedaba de su comida. Respiró hondo, pensó en la lección sobre remedios a base de hierbas que se estaba perdiendo hoy y decidió con certeza que cumpliría con su deber. (Y, por supuesto, José no era demasiado difícil de mirar, La Doña bromeaba el año anterior, aunque omitió este punto de alivio durante el recuento de esta noche).

"Señor, por favor, los hombres están atrás." Mabel vio partir a su padre y de repente se sintió expuesta.

Los jóvenes ojos azules del sofá rebotaron a través de la tensión en la habitación, hasta que finalmente la chica se puso de pie y se presentó como Grimelda. Se inclinó cortésmente y se excusó de la habitación para ir a limpiar en la cocina. Grimelda lanzó una breve mirada expectante hacia la matriarca de la casa en busca de aprobación. La madre de José no parecía muy complacida. Mabel se dio cuenta de que todo lo que hiciera a partir de ese momento era parte de la prueba.

"Siéntate," le dijo la mujer mayor a Mabel.

Luego vino el interrogatorio. ¿Cuáles son tus apellidos? ¿Qué hace tu padre? ¿Qué es lo que hacía tu abuelo? ¿Cuáles son sus medidas? ¿Tienes sangre española? ¿Tienes sangre haitiana? Más allá de cocinar, ¿Cuáles son tus habilidades? ¿Sabes leer? ¿Eres virgen? (Ante esto, los primos más pequeños soltaban una risilla). ¿Hay alguna enfermedad en tu familia?

La madre de José parecía impresionada de que fuera experta en enfermería. ("Muy bien . . . Mmm . . . Muy bien," daría La Doña en su mejor imitación de una anciana estoica.) Mabel hizo todo lo posible por no parecer una chivita perdida en la carretera. ¿De qué estaban hablando los padres? ¿Don Cristóbal estaba regateando el valor de su hija o el de su pretendiente? Mabel admitió que tenía poca confianza en la capacidad de su padre para defenderla. (Vaya, que Dios bendiga su alma). Finalmente, Grimelda regresó de su tarea de cocina y se sentó de nuevo. Se le indicó que esperara mientras la anciana conducía a Mabel a la cocina.

"¿Como vamo'?" le preguntó a su hijo.

"Nada mal. Pero las habichuelas estaban algo secas." José ignoró a Mabel cuando se dirigió a su madre. "Muy bonita," añadió. Continuaron evaluando a la niña en la habitación contigua.

Mabel miró alrededor de la cocina, preguntándose en silencio qué combinación de hierbas producía los efectos del arsénico que su profesor había demostrado un mes antes. (Una broma, por supuesto. En realidad, diría ella, se quedó sin habla en presencia de su asombrosa confianza.) Finalmente, sus guardianes volvieron su atención hacia ella. Ella tenía la tarea de preparar café con leche y un postre para José. Luego trapear el piso de la cocina. Mabel miró brevemente el vestido de su querida madre que tenía puesto y rezó para que sobreviviera a las tareas domésticas. La matriarca salió rápidamente de la cocina tan pronto como sus instrucciones fueron transmitidas.

Como había aprendido a prepararse cuando tenía tres años, Mabel se puso a trabajar en el café con leche y encendió el fuego de la estufa. Molió la caña de azúcar, sintiendo la mirada juzgadora del soldado sobre ella. Ella se preguntó si él tenía algún conocimiento de lo que estaba haciendo. Su padre siempre había hecho su propio café, pero su hermano mayor ni siquiera podía hervir agua. Como le había enseñado su madre, añadió el azúcar a la leche justo cuando estaba humeante, embriagando el aire con el familiar olor del desayuno.

Para el postre, tomó las habichuelas que sobraban y preparó lo que luego se llamaría en todo Hidalpa sus famosas habichuelas con dulce. Esperó pacientemente al lado de la mesa después de servir a José. Pasaron momentos.

". . . No están secas." Le lanzó una mirada con la misma sonrisa maliciosa antes de regresar a sus

habichuelas. Esta vez ella no lo encontró tan encantador.
"Mmm," fue su crítica de su café con leche.

Tras sus años de entrenamiento en casa, Mabel
terminó de fregar el piso antes de que la última gota de
café fuera drenada de la taza de su pretendiente.

"Hecho," proclamó José, deslizando su plato. Y con
esa sola palabra, el destino de los dos quedó sellado.
El café con leche y las habichuelas con dulce más
deliciosas que José probaría habían prevalecido y lo había
convencido de que Mabel era la indicada para él. Aquí
es donde normalmente terminaría la historia. En esta
Nochebuena, sin embargo, Doña Mabel continuó.

"Hecho," proclamó José, deslizando su plato. Con
esto, recordó a sí misma más joven recogiendo la taza de
café terminada y recordando la práctica de su abuela
de leer el café molido que quedaba en la parte inferior de
una taza, para predecir el futuro. En las noches de verano
de la infancia, bromeaba con sus hermanas y su abuela
con más tazas de café vacías que cualquiera de ellas podía
beber, escribiendo su destino en las sobras. Entonces,
miró intensamente durante lo que parecieron minutos
enteros (pero lo que debieron haber sido segundos) en

las profundidades de la taza vacía de su futuro esposo. Ella no creía en supersticiones, continuaría diciendo. Su única creencia estaba en el Padre Celestial. Aún así, el conocimiento de que en su futuro manchado de café, José estaba vagamente vinculado a otra alma, y que su vida juntos estaría plagada de dolor y descontento, junto con un hijo asediado por demonios, era el conocimiento que la acompañaría el día de su boda y en cada uno de sus partos. Desvió la mirada hacia su hijo menor, que sostenía torpemente una cerveza en sus manos. Los ojos de Gabriel se encontraron con los de ella.

Doña Mabel sonrió a sus sobrinas y se preguntó en voz alta a si misma por sus propias tonterías. Terminó con algo sobre su constante devoción a la Iglesia y las bendiciones que le trajo a su vida. Con esta nueva y abrupta conclusión, Gabriel aprendió que su madre sabía leer la taza, y que sabía mentir muy bien.

Nota de la Autora

Primero que nada, esto es una locura. ¿Cómo qué–en serio? ¿Un libro? ¡Un libro! Ok, esta bien. Primero me pagan por hacer arte y ahora me pagan por escribir; sigan sus sueños, mi gente, ustedes también pueden ser estafadores.

Buenos Espíritus es una colección de memorias de mi vida y las historias que mi familia me ha contado sobre la suya. Comenzó como una exploración del machismo con un chin de magia, inspirada en la tradición del realismo mágico en las Américas. Es un proyecto que me ha gustado mucho desde hace varios años. Gracias a mi editor, Nick Thomas, que me sacó de la nada y vio el potencial en mí y en mi historia. Gracias por tratar mis palabras con cariño, por ser tan paciente, por ayudarme a crecer, y por entenderlo.

Gracias a mis inspiraciones literarias: Louise Erdrich, Edwidge Danticat, James Baldwin y Benjamin Alire Sáenz. Gracias a mi profesor de inglés de la escuela secundaria, el Dr. Greenwald, por hacerme leer mis ensayos a la clase. Gracias a mi asesora de tesis Joyce Anitagrace y a mis mentores Clyde Johnson y Jellema Stewart en MICA. Me dieron confianza y me mostraron que escribir las historias que quería escribir era incluso una posibilidad.

Quiero agradecer a mis primos de Santo Domingo, Pedernales, Madrid, Boston, Nueva York y el Bronx. Tengo tanta suerte de tenerlos a todos.

Y, por supuesto, me gustaría agradecer a mi madre y a mi padre todas las oportunidades que me han brindado. Agradezco a mi hermano pequeño por ofrecer su perspectiva. Quisiera agradecer a mi abuelo, Don Bernardo, alias Papá, quien dejó esta tierra momentos antes del sueño febril que fue el 2020. Por último, quisiera enviar un agradecimiento especial a mi difunta abuela,

Doña Matilde, alias Mamá o La Morena. Ella era una
curandera comunitaria, líder religiosa y creadora de
medicinas y pociones caseras, una chef de clase mundial,
y madre para todos con una memoria impecable hasta
el final.

- Un poco sobre mí -

El 23 de febrero de 1997, mi madre, Nilsa Tavárez-Ventura,
dio a luz a una Piscis en el Hospital Allen Pavilion
en Inwood, Nueva York. Un par de días antes de mi
nacimiento, mi padre, Bernardo Gomera-Reyes, voló
para encontrarse con mi madre en el hospital. Tan pronto
como salí del hospital, nos acompañó a mi madre y a mí
de regreso a casa a su apartamento en Santo Domingo,
República Dominicana. Los primeros años de mi vida los
pasé allí enamorándome de la playa.

Mi madre era una experta en matemáticas de Santo
Domingo que llegó a trabajar en la banca. Desde entonces
se ha convertido en profesora de español, vendedora
minorista, estudiante de posgrado y profesora para
personas co necesidades especiales. Mi padre proviene

de un pueblo en el punto más al sur de la República
Dominicana que se encuentra en la frontera con Haití.
Se enfrentó a dificultades insuperables para ingresar a
la universidad: dejó atrás a su familia, comió sobras y
dependió de la bondad de los demás para alojarse. Cuando
era una niña quisquillosa para comer, él me recordaba
constantemente los "pasteles de barro" (tierra y agua)
que solía desear cuando no había comida. Se convirtió en
ingeniero de telecomunicaciones y ascendió en la escala
empresarial. Se convertiría en corredor de maratones y
padre orgulloso de dos graduados universitarios.

En 2001, nuestro país entró en una recesión económica
debido al colapso del banco principal. Entonces, mi
padre consiguió un trabajo en la ciudad de Nueva York.
Después de aterrizar en JFK, condujimos hasta nuestro
apartamento al otro lado del puente en mi ciudad natal de
Clifton, Nueva Jersey. Todavía recuerdo las mágicas luces
parpadeantes del túnel Lincoln. A los cinco años comencé
a aprender inglés. A los 7 años, me di cuenta de que tenía
acento estadounidense cuando visitaba a mis primos cada
dos inviernos en República Dominicana.

Han pasado más de 24 años desde que mis padres

tramitaron por primera vez sus planes de mudarse algún día a los Estados Unidos. No me convertí en la abogada que mi padre tenía en mente. Siempre he sido el tipo de niña que pasó por un millón de fases de pasatiempos (fútbol, hornear, coser, hacer álbumes de recortes, crochet, viola, teatro y escribir fanfics, por nombrar algunos). Realmente solo quería hacer una cosa cuando me gradué de la escuela secundaria: crear.

Tuve la loca idea de ir a la escuela de arte en el Maryland Institute College of Art (para gran confusión de mis padres). Aquí estoy, diseñadora gráfica profesional, ilustradora y ahora autora. ¿Quién sabe lo que seré después?

Espero que algún día este libro pueda llegar a las manos de una bella joven afro- dominicana con demasiadas aficiones. Y espero haber podido enorgullecer a esa niña.

Besos y bendiciones.

Sobre la Autora y la Traductora

Camille Gomera-Tavarez es una diseñadora gráfica, ilustradora, y autora dominicana-americana de Clifton, Nueva Jersey. Se graduó con un BFA en Diseño y una especialización en Escritura Creativa del Maryland Institute College of Art. *Buenos Espíritus* es su debut literario.

Lorraine Avila es una escritora y maestra del Bronx, NY con raíces en la República Dominicana. Es la autora de *Malcriada y Otras Historias*. Avila tiene una licenciatura de la Universidad de Fordham en estudios de inglés con especialización en escritura creativa, una maestría en enseñanza de la Universidad de Nueva York, y está terminando otra maestría de bellas artes en ficción de la

Universidad de Pittsburgh. Le encanta entender el pasado para llegarle al futuro, el mangu de plátano maduro con huevo hervido y queso cheddar, leer todo lo que tiene que ver con el realismo del Caribe y África que mucho consideran magia, y escuchar afrobeats y dembow. Su novela *The Making of Yolanda La Bruja* será publicada en el 2023.

Avila divide su tiempo entre el Bronx, Santo Domingo, y Pittsburgh.

La diseña de Ediciones LQ

Ediciones Levine Querido es un sello dedicado a llevar literatura infantil y juvenil de excelencia a los lectores hispanohablantes, mediante el trabajo conjunto con autores, ilustradores, traductores y editoriales de todo el mundo. El logo de Ediciones LQ fue diseñado con letras por Jade Broomfield.

Producción supervisada por Freesia Blizard
Arte de la cubierta por Sophie Bass
Cubierta e interiores diseñados por
Camille Gomera-Tavárez y Angie Vasquez
Editado en inglés por Nick Thomas
Supervisada en español por Irene Vázquez

Ediciones
LEVINE QUERIDO